조정래 대하소설

아리랑

청소년판

조정래 대하소설

아리랑

청소년판

2

[제1부 아, 한반도]

조호상 엮음 | 백남원 그림

해냄

미래의 나침반이며 등불

흔히 학생들이 싫어하는 공부에 꼽히는 것이 수학 다음에 역사다. '연대 외우느라고 머리에 쥐가 난다'는 게 그 이유다. 주입식 암기 교육이 저지른 병폐다. 그건 잘못된 일본식 교육의 잔재인 것이다.

역사교육은 '연대 외우기'가 아니라 '그 흐름의 이해'여야 한다. 이야기로서의 역사 흐름을 이해하게 되면 연대는 부차적으로 기억하게 된다. 그런데 시험문제를 연대 암기식으로 내니 학생들이 역사 공부에 진저리를 칠 수밖에 없다.

또한 역사에 대한 일반적 인식도 문제다. 흔히 역사란 '과거'라고 생각한다. 그것은 '시간'만을 한정해서 생각한 아주 잘못된 인

5

식이다. 시간의 흐름이란 한 줄기로 계속 이어져 흐르는 물의 흐름과 같고, 우리 인간들의 생명의 흐름도 그와 다를 게 없다. 따라서 나는 아버지로부터 왔고, 아버지는 할아버지로부터 왔다는 이 쉽고 평범한 사실을 명심하는 것, 그것이 역사 인식의 기본이다. 그러므로 어제는 오늘의 아버지이고, 내일은 오늘의 아들인 것이다. 이 필연적 연속성에 의해 역사는 '지나가 버린 과거'가 아니고 '살아 있는 현재'이며 '다가올 미래'인 것이다. 그래서 역사는 오늘의 좌표를 설정하는 교훈이고, 문제 해결의 방법을 알려 주는 열쇠가 된다. 또한 역사는 미래를 가리키는 나침반인 동시에 미래를 밝혀 주는 등불인 것이다.

우리 한반도는 강대국들 사이에 끼어 있는 작은 땅이다. 우리가 하필 이 작은 땅에 태어나, 살다가, 여기에 뼈를 묻어야 하는 건 우리의 힘으로는 어찌할 도리가 없는 우리의 운명이고 숙명이다. 이 작은 땅, 약한 나라라서 5천여 년 동안에 크고 작은 외침을 931번이나 당했고, 끝내는 일본에게 나라를 빼앗기는 굴욕을 당하고 말았다.

'과거를 기억하지 못하는 사람은 그 과거를 되풀이한다.' 철학자 조지 산타야나의 말이다. '역사를 망각하는 민족에게는 미래가 없다.' 독립투사 단재 신채호 선생의 말이다. 치욕스러운 역사일수록 똑똑하게 기억해야만 하는 이유가 거기에 있다. 그래서 나는 일제 강점기의 굴욕과 핍박과 저항을 『아리랑』에 썼다.

그런데 그 이야기가 너무 길어 공부도 벅찬 학생들에게 꽤나 부담이 될 것 같았다. 그래서 좀 가볍고 쉽게 읽을 수 있도록 '청소년판'을 새로 엮게 되었다. 아무쪼록 우리 민족의 역사를 이해하는 데 청소년 여러분들의 친근한 벗이 되기를 바란다.

광복 70년, 분단 70년에

차례

제1부 아, 한반도

작가의 말 5

12 횃불 횃불 횃불 11

13 장마의 계절 31

14 신작로 47

15 서로 다른 길 58

16 샌프란시스코의 총성 72

17 남한 대토벌 89

18 침묵하는 땅 113

19 해가 진 나라 135

20 미로 148

21 검은 파도 163

22 세월의 상처 175

23 지반 다지기 189

24 번뇌의 불 210

주요 인물 소개 232

소설에 담긴 역사 속 주요 사건 235

※ 일러두기

조정래 대하소설 『아리랑 청소년판』은 원작 『아리랑』을 청소년의 눈높이에 맞춰 분량을 줄이고 내용을 다듬는 것을 원칙으로 하였습니다. 다만, 소설의 특성상 역사 속 사건들의 현재성을 유지하기 위해 원작에서 사용한 방언 및 어휘를 그대로 따랐음을 알려드립니다.

12

횃불 횃불 횃불

들녘에 봄기운이 아련했다. 얼었던 산천이 풀리고 사람들의 몸도 풀리고 있었다. 몸이 풀리기를 기다려 충청도의 안병찬이 가장 먼저 의병의 깃발을 세웠다.

송수익은 감시를 피해 향교 뒤뜰에서 임병서를 만났다.

"충청도 의병이 왜놈 군대와 접전하다 패했다는 소식입니다."

임병서의 얼굴이 침통했다.

"패했다면…… 의병들이 전멸했다는 건가요?"

송수익은 엄습해 오는 절망감을 떠밀어 내며 물었다.

"그것까진 모르겠지만 워낙 무기에서 비교가 안 되니……."

"제 생각으로는 무기도 문제인 데다 이쪽의 준비 부족, 전투에

능한 왜군을 상대하는 병법의 미숙이 패인이 아닌가 합니다."

송수익의 지적에 임병서가 놀라 고개를 돌렸다.

"그게 맞는 것 같습니다. 그런 점을 앞으로 교훈으로 삼아야겠군요."

임병서는 주저 없이 송수익의 판단에 수긍했다. 그런 임병서의 도량에 송수익은 새삼 신뢰를 느꼈다.

"또 한 가지는, 힘을 합쳐야 한다는 점입니다. 왜군은 하나의 조직을 갖추고 있는데, 지방마다 소규모로 일어나다가는 번번이 희생만 커지고 항쟁의 효과도 없어지고 말 겁니다."

"옳은 말씀입니다. 웃어른들께 말씀 여쭙겠습니다."

임병서는 고개를 끄덕이고는, "이등박문이란 자가 초대 통감으로 부임해 왔다지요?" 하며 언짢은 얼굴을 했다.

"예, 그놈이 부임해서 처음 한 짓이 가관입니다. 그놈은 정부한테 일본 흥업은행에서 천만 원을 빌리도록 강요했습니다. 그 막대한 빚을 얻게 해서는 그 돈을 가로채 경성이나 인천, 부산 등지의 왜놈 거류민을 위한 수도 시설을 하는 데 써먹었습니다."

"아니, 왜놈들한테 빚을 내서 왜놈들을 위해 물길을 내다니, 그 빚더미는 결국 조선 사람들이 떠안는 것 아니오! 조정 대신 놈들, 정말이지 다 쳐 죽여야 할 놈들이오!"

임병서가 주먹을 부르쥐었다.

"헌데, 왜놈 행상들이 거의 헌병대나 주재소 앞잡이라는 건 알고 계시지요?"

임병서가 화제를 바꾸었다.

"예, 눈치채고 있습니다."

"행상들의 행위를 대원들에게 알려 피해가 없도록 하라는 말씀이십니다."

"예, 그리해야지요."

"그리고 충청도 의병의 패배로 대원들이 동요할지 모르니 잘 단속하라는 점입니다."

임병서는 낮은 소리로 한 가지씩 분명하게 전달하고 있었다.

"예, 그렇게 하지요."

송수익도 하달되는 사항을 하나하나 정중하게 받들고 있었다.

"윗분들께 전할 말씀이 있으면 하시지요."

"아까 말씀드린 대로 타지방과 힘을 합칠 수 있게 해 달라는 겁니다."

"예, 꼭 전하겠습니다. 헌데, 요새 일진회 놈들이 더 불어난 것 같지는 않습니까?"

"글쎄요, 그런 눈치는 못 챘고, 총으로 무장하기 시작한 것은 알고 있습니다."

"일진회 놈들한테까지 총을 주다니, 헌병대 놈들도 좌불안석인

것만은 틀림없지요. 그나저나 우린 돈이 있어도 총을 구할 수 없는 형편이니 원……."

임병서가 말끝을 흐렸다.

"방법이 전혀 없는 건 아니지요."

송수익이 무겁게 입을 열었다.

"어떻게……?"

"그놈들 것을 탈취하는 겁니다."

송수익의 말은 견연했다.

"탈취……? 너무 위험하고 무모한 일입니다. 좀 더 생각해 보도록 합시다."

임병서가 두루마기를 털며 일어섰다.

임병서와 헤어진 송수익은 들길을 걸으며 전라도 봉기도 가까워 오고 있음을 직감했다.

보호조약 체결과 함께 우국의 자결이 태풍을 일으켰었다. 그리고 겨울이 되면서 세상이 침묵 속으로 빠져들었다. 하지만 그 침묵은 항쟁 준비를 위한 침묵이었다.

충청도의 의병은 비록 패배했지만 왜 겨울 동안 침묵했는지를 보여 주었다. 일본도 그 봉기를 단순하게 받아들이지는 않을 것이었다.

그는 총 탈취에 대해 깊이 생각했다. 결코 쉬운 일이 아니고 위험도 너무 컸다. 그러나 총은 꼭 필요했다. 총 앞에 대창이나 연장을 들고 나서 봐야 백전백패일 뿐이었다. 일본군 말고 총을 가진 것은 조선 군인들이었다. 총을 탈취하지 않으려면 그들을 의병으로 돌아서도록 설득하는 방법이 있었다. 그러나 그건 총을 탈취하는 것만큼이나 쉽지 않은 일이었다.

'어떻게 하면 총을 탈취할 수 있을까⋯⋯.'

송수익은 골똘히 궁리해 보았다. 기습·유인·유혹 등 몇몇 가지 방법이 떠올랐으나 위험하기만 할 뿐 신통하지 않았다.

"맘만 먹으면 못헐 것도 없지라우."

지삼출의 힘진 대꾸였다.

"한바탕 혀보면 좋겄는디요."

손판석도 맞장구를 쳤다.

너무 쉬운 대꾸에 송수익은 어이가 없어 두 사람을 멍하니 쳐다보았다.

"죽이고 뺏어야제라."

지삼출의 주저 없는 말이었다.

"안 죽이고야 이쪽이 죽응게요."

손판석이 자신 있게 거들었다.

송수익은 쿡 웃음을 터뜨렸다.

"어째 웃으신당게라우?"

지삼출이 의아한 표정을 지었다.

"속이 시원해서요. 허나 너무 위험하니 좀 더 생각해 봅시다. 뒤도 시끄러워질 거고."

"뒤야 좀 시끄럽게 되겠지라우."

지삼출이 뚱하게 말하고는 고개를 돌리며 입맛을 다셨다.

백종두는 뒷짐을 지고 서서 포구와 바다를 바라보고 있었다.

포구는 왁사시껄 활기가 넘쳤다. 배들은 봉봉거리고 택택거리는 엔진 소리를 내며 부두로 들기도 하고 포구를 빠져나가기도 했다. 보호조약 이후로 부쩍 심해진 소란스러움에 백종두는 은근히 놀랐다. 보호조약의 효과가 뚜렷이 나타나고 있었던 것이다.

'사람 일생에 세 가지를 뜻대로 이루기 어렵다고 했으니, 자식이 그렇고 명예와 이익이 그렇고 수명이 그렇다고 했겠다. 나는 어떤가? 자식은 신식학교에 밀어 넣었으니 두고 볼 일이고, 수명이야 마흔 고개 넘어서도 몸 펄펄하니 철 따라 보약으로 보하면 앞으로 30년이야 맡아 놓은 셈이고, 남은 것은 명예와 이익 아닌가. 일진회 회장으로 쓰지무라 불알만 붙들고 늘어지면 군수 자리 하나야 못 차지할까? 명예 다음에 이익 남았구나. 만석꾼은 돼야 돈 있단 말 듣고, 어디서 큰기침할 수 있는 것 아닌가? 이제라도 일본 것들을 따라 하면 된다. 사람이야 새끼 치고 또 쳐서 늘어나지만 땅이야 늘어날 리 없으니 쌀이야 갈수록 귀한 물건이지. 맞다, 논을 사들이자. 돈이란 돈을 다 긁어모아 논을 사들여서……'

"백 상, 백 상!"

새로 도착한 배에서 내린 한 남자가 먼발치에서 손을 흔들며 외쳤다. 그러나 백종두는 생각에 빠져 그 소리를 듣지 못했다.

"백 상, 하시모토 여깄소, 여기."

가까워진 그 남자가 다시 소리쳤다. 그때서야 백종두는 생각에서 깨어났다.

"아이고 하시모토 상! 먼 길에 얼마나 수고하셨습니까."

백종두는 과장되게 반가워하며 하시모토에게 내달았다.

"백 상, 무슨 생각을 그리 깊이 하고 계십니까."

하시모토의 꼬집는 듯한 말이었다.

"아 예, 새로 시작된 축항 공사를 보고 대일본 제국의 막강한 힘을 생각하느라고……."

백종두는 거침없이 둘러붙였다.

"아, 그랬군요. 부산 축항 공사에 비하면 저건 아무것도 아니오. 그리고 축항 공사는 원산, 청진, 신의주, 목포 등지의 여덟 개 항구에서 동시에 벌어지고 있어요. 비로소 조선의 항구들이 항구다운 꼴을 갖추게 되는 것이오. 그게 다 일본 제국이 조선에 베푸는 은혜요."

하시모토의 당당하기 이를 데 없는 말에 백종두는 그만 머쓱해지고 말았다.

"쓰지무라 서기님은 안녕하신가요?"

하시모토가 걸음을 옮기며 물었다.

"예, 편안하십니다. 하시모토 상이 오시는 것도 서기님 말씀을 듣고 알았습니다."

두 사람은 인력거를 잡아탔다.

"일진회는 번성하고 있는가요?"

하시모토가 담뱃갑을 꺼내 들며 물었다.

"예, 그런대로 돼 가고 있습니다."

백종두는 가슴이 찔끔해서 대답했다.

"이 중대한 시기에 회원이 배가돼야 할 텐데, 그렇게 되고 있습니까?"

백종두는 또 가슴이 찔끔해졌다. 그 말은 쓰지무라가 하는 말과 떡판에 찍어 낸 듯 똑같았던 것이다.

"예, 노력하고 있습니다."

대답을 해 놓고 백종두는 그만 기분이 싸악 나빠졌다. 자신의 대답도 쓰지무라 앞에서 하는 것과 똑같이 나오고 말았던 것이다.

"백 상, 오늘 저녁에 바쁘신가요?"

하시모토는 말머리를 돌렸다.

"아니, 별일 없습니다."

"잘됐군요. 이따 저녁에 내가 술을 한턱내지요. 쓰지무라 서기 님도 모시고."

해가 기울 무렵, 백종두는 약속한 기생집으로 갔다. 뒤이어 하시모토가 들어왔다.

"오늘 쓰지무라 서기님 기분이 별로 좋지 않아요."

하시모토가 주저앉으며 내뱉었다.

"아니 왜요?"

백종두는 민감하게 반응했다.

"무슨 일이 생긴 모양이오."

하시모토의 눈이 고약해져 있었다.

"이거 원, 조선 놈들은 은혜를 베풀어도 고마워할 줄 모르고 오히려 덤벼든단 말이야, 빌어먹을."

잠시 후, 쓰지무라가 방으로 들어서며 큰 소리로 말했다.

"안녕하셨습니까, 서기님."

하시모토는 벌떡 일어나 인사하고는 "조선 놈들이 또 무슨 말 썽을 일으켰습니까?" 하고 민첩하게 상대방의 말하고 싶어 하는 욕구를 자극했다.

"이번엔 경상도에서 정용기라는 자가 의병을 일으켰소. 삼남의 진군이라고 이름까지 거창하게 내걸었소. 삼남이라면 충청도·경상도·전라도를 말하는데, 지난번에 충청도, 이번에 경상도에서 일어났으니 다음엔 여기 전라도에서 일어나게 될 거라는 뜻인데, 그놈들이 정말 서로 내통하고 있는지 어쩐지 모르겠단 말이오."

쓰지무라의 얼굴은 심각했다.

"너무 심려 마십시오. 우리에겐 청국과 러시아를 물리친 막강한 군대가 있잖습니까? 개미 떼에 불과한 의병은 단숨에 박멸할 수 있습니다."

하시모토가 듣기 좋은 말을 했다.

"그건 그런데…… 일단 의병이 일어나면 골치 아프오. 일반 대중에게 파급효과가 생기고, 진압하더라도 민심을 잃을 염려가 있소."

"어차피 한번은 거쳐야 될 과정 아닌가요? 그것들도 사람인데."

"그렇긴 그렇소. 백 상! 내일부터 일진회원들을 몰아치시오. 전라도에선 의병을 미리 탐지해 내야 한단 말이오."

"예, 예, 명심하겠습니다."

백종두는 그저 굽실거렸다.

이튿날 아침, 장칠문은 백종두에게 일진회 간부로서 책임을 다하지 못했다는 닦달을 받고 자칫하다가는 감투가 날아갈 것 같은 위기감을 느꼈다.

장칠문은 곧바로 회원을 둘씩 짝 지워 동네를 정해 주었다.

"무슨 수를 쓰든 의병 정보를 알아 갖고 와야 할 것이여. 안 그러면 우리는 다 막판잉게로. 알아듣겄어!"

장칠문의 외침에 회원들은 지정받은 동네로 흩어졌다.

"어이, 저것 좀 보소. 일진회 놈들 같은디, 어째서 총을 메고 나섰을랑가?"

퇴비 지게를 받쳐 놓고 숨을 돌리고 있던 손판석이 낮은 목소리로 말했다.

"뭣이여, 초옹?"

오줌을 누던 지삼출이 고개를 휙 돌렸다.

두 남자 중에 하나가 총을 메고 걸어오고 있었다. 그들은 분명 일진회 회원이었다.

"저 총 참 입맛 나게 생겼네."

지삼출이 손판석 옆에 앉으며 속삭였다. 그는 정말 입맛까지 다셨다.

"아서, 대낮인 데다 동네가 너무 가까워서 뒤탈 못 면혀."

손판석도 속삭이며 고개를 내둘렀다.

"저것들 한주먹감인디……."

지삼출이 담배를 급하게 빨았다.

"저놈들 눈치채겄네. 딴전이나 피우면서 그냥 보내고 나서 생각허세."

"이, 그리허드라고."

지삼출은 눈을 찡긋했다.

"이보시오, 당신네들 저 동네 사요?"

총 멘 사내가 지나가다 말고 불쑥 물었다.

"야아, 그, 그렁마요. 어찌 그러요?"

지삼출이 더듬거렸다. 곁눈질을 치며 얼굴이 잔뜩 겁에 질려 있어 멍청해 보였다. 손판석도 주눅 든 듯 눈만 껌벅껌벅하고 있었다.

"겁먹지 마시오. 우리가 당신들 잡으러 온 것이 아닝게."

총 멘 사내가 옆 사내에게 눈짓을 하며 두 사람 옆에 앉았다.

"아이고메, 가까이 오지 말드라고라. 그놈의 총만 보면 가슴이 오그라 붙소."

지삼출은 곁눈질을 하며 옆으로 피해 앉았다.

"어허 참, 촌사람은 촌사람이시."

총 멘 사내가 경멸하듯 웃으며 말했다.

"들자니 요새 딴맘 먹은 농꾼들이 많다는 소문이든디?"

"무슨 소리다요? 농꾼이 딴맘 먹으면 장사로 나서겄소, 바다에 배를 띄우겄소?"

손판석이 무슨 소리냐는 듯 상대방을 멀뚱하게 보았다.

"어허, 그 소리가 아니고 의병으로 나선다고 딴맘 먹은 사람이 많다는디……."

총 멘 사내는 답답증을 못 참아 속마음을 쉽게 드러냈다.

"이, 그런 소문이 있기는 있제라."

지삼출이 멍청한 듯 내놓은 말이었다.

"아니, 그런 소문 들었소?"

총 멘 사내가 지삼출 옆으로 붙어 앉았다.

"야아, 듣기는 들었는디…….'

"자, 궐련. 그 소문 어디서 들었소?"

총 멘 사내가 담뱃갑을 지삼출의 손에 쥐어 주며 눈을 반짝거렸다.

"글쎄…… 그런 말 해서 될라능가 모르겠네."

지삼출은 뒷머리를 긁적거렸다.

"자, 요것 받으시오. 거기가 어디요?"

총을 안 멘 사내가 재빨리 돈을 꺼내 지삼출의 손에 쥐어 주었다.

"거기가 쬐깨 먼디, 말로 해서 찾아질랑가 모르겠네."

"이, 요것 더 받고, 둘이서 앞장서!"

총 멘 사내가 또 돈을 꺼냈다.

"무슨 소리다요? 대낮에 앞장섰다가 쥐도 새도 모르게 죽으라고라?"

눈을 뚱글하게 뜬 지삼출의 멍청한 듯한 말이었다.

"이, 알겄어. 그럼 어두운 다음에 아무도 모르게 갑시다."

총 멘 사내의 들뜬 말이었다.

"그러면 해가 떨어질 때까지 어디 있을라고요?"

지삼출이 마지못한 척 돈과 담뱃갑을 챙기며 물었다.

"여기 어디 주막 안 있소?"

총 멘 사내의 예사로운 대꾸였다.

"아니, 눈 많은 주막서 우릴 만나면 어찌 되겠소? 동네방네 소문내서 누구 죽일라고 작정혔소!"

지삼출은 버럭 소리를 지르며 돈과 담뱃갑을 내팽개치듯 했다.

"아, 맞는 말이오. 그러면 어디 좋은 데 없소?"

총 안 멘 사내가 서둘러 말했다.

"……사람들 눈에 안 띄자면 저기 집 없는 야산 자락에 가서 한숨 자고 있으시게라."

지삼출은 멀찍이 건너다보이는 야산을 턱짓으로 가리켰다.

"그것이 좋겠네, 가세."

총 안 멘 사내가 몸을 일으켰다.

"해 떨어지는 대로 금세 와야 혀요."

총 멘 사내가 지삼출과 손판석에게 다짐을 하며 일어났다.

지삼출과 손판석은 저녁을 먹고 나서 당산나무 아래서 만나 어둠을 헤치기 시작했다.

"누구여!"

어둠 속에서 들린 소리였다.

"이, 아까 만난 사람잉마요."

지삼출이 대꾸했다.

네 사람은 어둠 속을 빨리 걷기 시작했다.

20리쯤 걸은 그들은 담배 한 대 짬을 쉬었고 두 번째 야산 자락에서 다시 다리쉼을 했다. 동네 불빛이 멀리 보였다.

"오줌이나 누고……."

지삼출이 몸을 일으켰다.

"나도 눠야 쓰겄구마."

손판석이 따라 일어났다.

그들은 담배를 피우고 앉아 있는 두 사람 뒤쪽으로 몇 걸음 옮겨 가는 것 같았다. 그러더니 느닷없이 돌아서 한 사람씩 덮쳤다. 뒤에서 기습을 당한 두 사람은 비명을 질렀다. 그러나 그 소리는 크지도 길지도 못했다.

사흘 뒤부터 헌병과 일진회원들이 눈을 희번덕거리며 마을을 뒤집고 다녔다.

지삼출은 헌병들 앞에 끌려가 조사를 받았다.

"잘, 모르겄는디라우."

지삼출은 좀 모자란 듯한 모습으로 이 말만 되풀이했고, 손판석도 마찬가지였다.

그런 가운데 경상북도에서 신돌석이 의병을 일으켰다는 소문이 퍼졌다. 닷새 넘게 소란을 피우고 다니던 헌병과 일진회원들도 제풀에 지쳤는지 더는 그 모습을 드러내지 않았다.

5월로 접어들어 충청도에서 민종식이 또 의병을 일으켰다는 소문이 들려왔다.

"늘어진 쇠불알이라는 충청도가 저 난린디, 전라도는 뭐허고 있능겨?"

지삼출은 손판석과 단둘이 마주 앉아 투덜거렸다.

5월 중순이 넘어 민종식의 의병대가 홍주성을 일본군에게 도로 빼앗겼다는 소문이 들려왔다. 지삼출이 송수익한테 연락을 받은 것이 그즈음이었다.

"우리도 기병하게 됐소."

지삼출과 손판석을 눈여겨보고 난 송수익의 짧은 한마디였다.

"그것이 언젠게라우?"

어금니를 맞물었다가 풀며 지삼출이 물었다.

"나흘 뒤요. 대원들에게 속히 알려 만전을 기하도록 해야겠소."

"어디서 기병헝게라?"

긴장된 얼굴로 손판석이 물었다.

"그건 나도 아직 모르겠소. 임박해서 또 연락이 올 것이오."

"딴 말씀 없으신게라우?"

지삼출은 곧 일을 시작해야 되겠다는 눈치를 보였다.

"웃어른이나 안식구한테 알리더라도 말이 안 나가게 단속하는 게 좋겠소. 특히 아이들이 알아서는 안 된다는 것이오. 주재소의 감시가 더욱 심해지고 있으니까요."

"야아, 명념허겠구만이라우."

"편히 계시게라우."

지삼출과 손판석은 함께 일어섰다.

나흘 뒤에 최익현과 임병찬은 전북 태인에서 봉기했다. 6월 4일이었다.

13

장마의 계절

호남평야의 중간 지점인 태인에서 의병이 봉기하자 통감부는 재빨리 그 일대의 군마다 일본군 토벌대를 20명씩 파견했다.

백종두, 장덕풍 같은 사람들은 입장이 난처해졌다.

"도대체 일진회는 낮잠만 자는 거요? 미리 정보 하나 입수하지 못하다니, 백 상한테 실망이 이만저만이 아니오."

백종두를 사무실로 부른 쓰지무라가 가차 없이 내질렀다.

"면목 없습니다. 한다고 했으나…… 앞으로는 잘하도록 하겠습니다, 예……."

백종두는 얼굴을 들지 못하고 그저 굽실거리기만 했다.

"조선 정부도 전주와 남원 진위대에 의병토벌령을 내렸소. 일진회원들도 군사훈련을 받아 의병 토벌에 나서야 하오. 초장에 그 놈들 씨를 말리지 않으면 두고두고 골칫거리가 될 거니까. 조선 놈들이란 이상하게 질기고 끈적끈적해서……."

쓰지무라는 말끝을 흐렸다. 상대방이 그나마 조선인이라는 것을 의식한 것이다.

"예, 그러믄요. 의병은 초장에 씨를 말려야 하고말고요."

백종두는 쓰지무라의 비위를 맞추며 난처한 자리를 모면하려 했다.

다음 날부터 군사훈련이 시작됐다. 훈련을 맡은 헌병대에서는 회원들이 정신을 차릴 수 없게 볶아쳤다. 그러자 회원들 사이에 금방 불만이 생겨났고, 곧 대량 이탈이 일어났다. 그러나 곧바로 헌병이 출동해 그들을 모조리 잡아갔다.

의병을 쫓는 회오리바람이 호남평야 곳곳에서 거칠게 일어났다. 일본군 토벌대를 필두로 주재소 병력이 뒤따랐고, 다시 그 뒤를 일진회원들이 떠받쳤다. 거기에 정부의 명령을 받은 진위대는 진위대대로 총을 겨누고 나섰다.

그 병력은 의병을 쫓는 한편 마을을 들쑤셨다. 의병에 가담한 사람이 한 사람이라도 있는 마을은 난장판이 되었다. 맨 먼저 의병에 가담한 사람의 가족들이 당했고, 다음으로 동네 남자들이 조사를 받았다.

일곱 사람이 집을 떠난 송수익네 마을은 그야말로 쑥밭이 되었다.

지삼출의 아내 무주댁은 아이를 업은 채 일본 헌병에게 머리채를 잡혀 마당으로 질질 끌려 나왔다.

"니년은 미리부터 다 알고 있었제!"

통변이 헌병의 말을 옮겼다.

"아닌디요, 몰랐구만이라우."

"바까야로(바보 자식)!"

헌병이 욕을 내뱉으며 머리채를 마구 내둘렀다. 무주댁의 비명이 더 찢어지고 아이는 진저리를 치며 울어 댔다.

"바로 말혀. 다 알고 있었제!"

"아니랑게요, 몰랐어라."

"칙쇼(빌어먹을)!"

헌병의 구둣발이 무주댁의 배를 걷어찼다.

"엄니!"

무주댁은 핏덩이를 토하는 것 같은 비명을 지르며 땅바닥에 곤두박였다. 아이의 울음소리가 자지러졌다.

"기절한 것 같은데요."

통변이 무주댁을 내려다보며 말했다.

"가자, 다음 집으로!"

헌병이 무주댁에게 침을 내뱉으며 돌아서자, 부하들과 통변이 우르르 따라 나갔다.

헌병들은 곧 송수익의 집으로 들이닥쳤다. 그들은 대문을 구둣발로 내지르고 개머리판으로 쳐서 열어젖혔다.

"어떤 놈들이 소란이냐? 썩 물러가거라!"

마당으로 뛰어든 그들에게 카랑한 호령이 울렸다. 그 소리에 찬 기운이 서려 있었다.

"뭐라고! 늙은 년이 어디다 대고 감히 호령이냐? 톡톡히 맛을 봐야겠구나."

헌병대장이 벌컥 화를 내며 앞으로 내달으려 했다.

"대장님, 잠깐 참으십시오. 저 늙은이는 다른 여자들처럼 심하게 대해선 곤란합니다."

"그게 무슨 소리야?"

헌병대장의 얼굴이 더 험악해졌다.

"저 늙은이는 양반입니다."

"양반? 의병을 일으킨 집구석인데 그까짓 게 무슨 상관인가. 의병을 일으켰으면 양반이고 상놈이고 다 처단이다!"

헌병대장은 긴 칼을 홱 뽑아 들며 외쳤다. 칼날이 햇빛에 번쩍했다.

"그건 압니다만, 이 집안은 예사 양반이 아닙니다."

“그러니 그냥 돌아가잔 말인가?”

“그게 아니고…… 때리지 말고 그냥 잡아다 취조하는 게 뒤탈 없지 않을까 싶습니다.”

“그 방법도 나쁘진 않겠지.”

헌병대장은 조선의 힘쓰는 양반 가문의 영향력에 대해 들은 적이 있었다. 태도를 바꾼 헌병대장은 부하들에게 체포하라는 신호를 했다. 대여섯 명의 헌병들이 마당을 가로질렀다.

“이놈들아, 물러서라! 왜놈들이 감히 어디라고 날치는 거냐.”

여전히 카랑한 호령이었다.

그러나 헌병들은 그대로 마루로 뛰어올라 송수익의 어머니 이 씨와 아내 안 씨를 결박했다.

한편 태인에서 깃발을 올린 최익현 휘하의 의병은 남동쪽으로 행군 진로를 잡았다. 거기에는 몇 가지 이유가 있었다. 첫째는 숨을 곳이 거의 없는 평야 지대를 신속하게 벗어나야 한다는 것이고, 둘째는 일본군과 관군의 집결지인 전주에서 멀어지는 동시에 적들을 산악 지대로 유인하자는 것이었다. 그리고 장대한 지리산 줄기를 등에 업는 한편으로 전라남도의 의병과 합세하려는 계획이었다.

그들은 정읍을 거쳐 내장산 줄기를 넘고, 임실에서 순창으로 접어들었다. 동네마다 그들을 환영했고, 가담자는 자꾸 불어났다. 마을마다 베푼 후대에 의병의 사기는 드높았다.

순창에 다다른 임병찬은 부대를 반으로 나눠 전라남도 담양으로 가기로 했다.

임병찬은 부하들을 이끌고 가다가 갑자기 앞을 가로막는 적들과 맞부딪쳤다. 일본군들은 총을 쏘며 공격해 왔다. 원시 무장일 뿐인 의병들로서는 당해 낼 도리가 없었다.

"모두 물러서라! 속히 물러서라!"

임병찬의 다급한 명령이었다.

임병찬의 부대는 황급히 후퇴해서 본대와 합류했다. 그러나 이미 본대도 적과 대치하고 있었다. 지휘관들은 그때서야 부대가 적들에게 포위당했다는 것을 알았다.

"맞서 싸울 수밖에 없소. 싸우되 정면으로 대들지 말고, 소부대로 분산해서 포위망을 돌파해 산으로 피하는 게 좋겠소. 우선 위기를 모면하고 산에서 재집결하는 것이오. 내 생각은 이런데, 말씀들 있으면 하시오."

임병찬이 아래 부대장들을 둘러보았다.

열 명의 부대장들 누구도 입을 열지 않았다. 거기에 송수익과 임병서도 끼어 있었다.

"그게 좋겠소. 지금으로서는 인명을 살려 내는 것이 급선무요."

총대장 최익현의 침통한 말이었다.

"예, 그리 결행하겠사옵니다."

학문으로는 제자인 임병찬이 머리를 조아렸다.

임병찬의 명령에 따라 부대장들이 제각기 흩어졌다. 송수익은 총대장을 호위하는 부대를 맡은 임병서에게 눈으로 말을 남기고 자신의 부대로 돌아갔다.

적진의 총성은 멎어 있었다. 대열을 정비하는지 작전을 짜는지 모를 일이었다. 송수익은 그 정적을 신경 쓰며 적이 얼마나 될지, 탈출구를 어느 쪽으로 잡아야 할지 생각했다.

의병의 수는 400이었다. 적이 100이라 해도 승산이 없었다. 송수익은 신음을 씹었다.

탕! 따당! 탕탕!

갑자기 사방에서 총성이 울렸다. 총소리는 너무나 가까웠다. 순간, 송수익은 그 정적의 의미를 깨달았다. 적들은 포위망을 조여 오느라 숨죽이고 있었던 것이다.

"엎드려라, 바짝 엎드려!"

송수익은 당황한 대원들에게 외쳤다. 대원들은 미리 일러둔 대로 주워 모은 돌멩이들을 싸안듯 하며 엎드렸다.

적들은 총을 쏘면서 소리까지 질렀다. 그 괴상한 외침이 이쪽의 사기를 죽이려는 것임을 송수익은 금방 알아차렸다.

"겁내지 말고, 내가 영을 내리면 쉴 새 없이 돌을 던져라!"

송수익은 대원들에게 다시 명령했다.

탕! 타당! 탕탕!

총소리가 계속되면서 여기저기 비명이 터지고, 삼베옷을 입은 사람들이 고꾸라졌다.

적들은 점점 가까워지고 있었다. 총 끝에 꽂힌 칼이 햇빛을 받아 섬뜩하게 빛났다. 적들은 그다지 많지 않았다. 대여섯 명이 총질을 하고 있었다. 송수익은 적들이 좀 더 가까워지기를 기다렸다.

"돌을 딘져라, 돌!"

송수익은 자기가 먼저 돌을 내던지며 대원들에게 외쳤다.

엎드려 있던 40명의 대원들이 일제히 몸을 일으키며 앞에 모아둔 돌을 퍼부었다. 적진에서 총소리 대신 비명이 터졌다. 갑작스런 돌 공격에 적들은 혼란에 빠졌다.

송수익은 그 상황을 놓치지 않았다.

"왼쪽으로 뛰어라, 왼쪽!"

송수익이 앞으로 내달으며 소리쳤다. 그의 양쪽 옆을 지삼출과 서너 명이 뛰었고, 그 뒤로 다른 대원들이 뛰기 시작했다.

뒤에서 일본말 외침이 어지럽게 엉키더니 총소리가 울렸다. 등 뒤로 총알이 날아왔다. 대원들은 뿔뿔이 흩어져 앞산으로 내달렸다. 짚신이 벗겨지고 상투가 풀어진 채 그들은 사생결단 달렸다.

그러나 총알이 그들을 앞질렀다. 한 사람, 두 사람 등에 총을 맞

고 쓰러졌다. 하지만 일본군이 뒤쫓아 오고 있어 다른 사람들은 그대로 달릴 수밖에 없었다.

송수익의 부대는 산속으로 파고들어서야 일본군을 따돌릴 수 있었다. 인원 점검을 하고 난 송수익은 어금니를 맞물며 눈을 질끈 감았다. 무사한 사람은 스물여섯이었다. 나머지 14명은 죽거나 총상을 입은 것이었다. 쓰러진 대원들을 남겨 둔 채 뛸 수밖에 없었던 죄책감이 가슴을 눌렀다.

송수익네 부대는 일본 토벌군을 피해 가며 다른 부대를 만나기 위해 산속을 헤맸다. 나흘째 되는 날 아홉 명 남은 다른 부대를 만났다.

그들이 전하는 소식에 송수익은 하늘이 무너지는 충격에 부딪혔다. 그날 최익현과 임병찬이 체포되었고, 절반 이상이 죽었다는 것이었다.

"모르겠소, 살아난 사람이 백이나 될랑가……?"

목이 잠겨 드는 소리였다.

송수익은 먼 하늘만 응시하고 서 있었다.

그날 일본군에게 생포된 사람들은 100여 명이 넘었고, 일본 헌병은 며칠에 걸쳐 그들을 심문했다. 심문이란 바로 혹독한 고문이었다.

"대라, 빨리 대! 네놈 부락에 박힌 연락원이 누군지 빨리 대라니까."

그들은 이런 강요와 함께 무자비하게 매질했다. 매질은 부상자라고 봐주지 않았고, 총상을 입은 사람들은 매타작을 견디지 못해 줄줄이 죽어 갔다.

고문을 끝낸 헌병들은 생포자들을 끌고 동네를 찾아갔다.

헌병들은 공포를 쏘며 집집마다 뒤지고 다녔다. 어른 아이 할 것 없이 모두 총구 앞에 떠밀렸다.

지삼출네 마을 사람들은 뒷산 자락으로 밀려들었다. 그들은 거기에서 나무에 묶인 두 사람을 발견했다. 버들이 아버지 강 서방과 왕방울눈 주성춘이었다. 그렇지만 그 누구도 입도 달싹하지 못했다.

그때 한 여자가 울부짖으며 사람들 사이에서 뛰쳐나왔다.

"아이고 버들 아부지이, 요것이 어쩐 일이당게라!"

허겁지겁 뛰는 여자 뒤로 네댓 살 먹은 계집아이가 아앙 울음을 터뜨리며 종종걸음 치고 있었다.

"바까야로!"

헌병 하나가 그 여자를 가로막으며 총을 휘둘렀다. 개머리판이 가슴팍을 후려쳤다.

그 여자가 비명을 토하며 풀밭에 푹 고꾸라졌다. 뒤따르던 계집아이가 질색을 하고 울며 제 어머니를 붙들었다. 헌병 둘이 정신을 잃은 여자의 팔을 하나씩 잡더니 질질 끌었다. 계집아이는 제 어머니의 치마깃을 붙들고 걸으며 더 크게 울었다.

참나무에 묶인 강 서방은 이빨을 앙다문 채 그 광경을 노려보고 있었다. 수척한 그의 얼굴에는 여기저기 피멍이 잡혀 있었고, 눈에는 살기가 뻗쳐 있었다.

주성춘의 아내 만경댁은 다섯 살 난 아들의 손을 꽉 붙들고 와들와들 떨고만 있었다. 마음이 약한 그녀는 남편을 알아보는 순간 가슴이 내려앉았는데, 버들이 어머니가 당하는 것을 보자 그만 정신이 아찔해지고 말았던 것이다.

헌병대장이 마을 사람들 앞으로 나섰다. 그리고 긴 칼을 휙 뽑아 들며 뭐라고 소리쳤다.

"똑똑히 들어라. 우리 일본 제국은 조선이 원해서 조선을 보호해 주고 있다. 우리 헌병과 군인들이 조선 땅에 와서 고생하는 것도 다 너희를 보호해 주기 위해서다. 그런데 그 은혜에 보답할 생각은 않고 오히려 우리를 죽이겠다고 나선 폭도들이 있다. 바로 저놈들이다. 저놈들은 조선의 국법을 어긴 죄인이고, 우리의 생명을 노린 원수들이다. 우린 저런 배은망덕한 놈들은 절대 용서하지 않는다. 저놈들의 최후를 똑똑히 봐 둬라."

통변이 옮긴 말이었다.

헌병대장이 칼을 뻗치며 소리쳤다. 헌병 넷이 민첩한 동작으로 줄을 섰다.

"쓰쓰께(찔러)!"

헌병대장이 칼을 내려치며 외쳤다.

칼이 꽂힌 총을 꼬나 잡은 헌병 넷이 앞으로 달리기 시작했다.

사람들의 숨이 멎었다. 남자들은 눈을 부릅떴고, 여자들은 눈을 질끈 감았다.

두 목소리의 비명이 길게 찢어졌다. 두 개씩의 총창이 두 사람의 가슴과 배에 박혔다. 두 사람의 앞몸은 피로 낭자하게 물들었다.

헌병대장은 다시 목청을 높였다.

"저 시체는 우리의 허락이 있기 전까지 절대로 치워서는 안 된다. 만약 손대는 놈이 있으면 손목을 잘라 버릴 것이다."

통변이 또렷하게 옮긴 말이었다.

"어허! 요것이 무슨 일이여……."

"허어! 우리 꼴이 뭣이여……."

헌병들이 떠난 뒤에 남자들은 가슴 터지는 탄식을 토해 냈다.

여자들은 풀밭에 누워 있는 두 여자를 에워쌌다. 정읍댁과 만경댁은 남편들이 총창에 찔리는 순간 까무러쳐 그때까지 깨어나지 못하고 있었다.

날이 저물면서 마을 사람들은 정신을 수습하고, 의논 끝에 남자들이 번갈아 가며 시신을 지키기로 했다.

그날 밤부터 시신 멀찍이 불을 지피고 여섯 명의 남자들이 시신을 지켰다.

강 서방의 아내 정읍댁은 찬물을 끼얹어 만경댁보다 먼저 깨어나긴 했지만 개머리판에 얻어맞은 가슴이 결려 몸을 가누지 못했다. 얼굴이 부어오른 정읍댁은 앓는 소리 사이사이에 남편을 부르며 베갯잇을 적시고 있었다.

만경댁은 밤이 깊도록 깨어나지 못했다. 칭얼거리던 아들은 제 물에 지쳐 잠이 들었고, 이웃 여자 셋이 곁을 지키고 있었다.

날이 밝으면서 만경댁이 실성했다는 소문이 퍼졌다. 소문은 사실이었다. 만경댁은 멍한 눈으로 앞에 앉은 사람을 알아보지 못했고, 핏기 없는 얼굴로 연상 히죽히죽 웃으며 알아들을 수 없는 소리를 중얼거렸다.

구름이 잔뜩 낀 날씨는 며칠째 무더웠다. 대낮에 쥐새끼들이 소란스럽게 찍찍거리고, 참새 떼가 낮게 날더니만 점심때가 지나면서 빗방울이 후둑후둑 듣기 시작했다. 장마였다.

장마가 나흘을 넘기면서 시체를 지키던 사람들은 난감해졌다. 무더운 날씨에 장마까지 겹쳐 시체가 하루가 다르게 썩고 있었다. 누군가 헌병대에 찾아가 이제 그만 장례를 치르게 해 달라고 사정해 보자는 의견을 내놓았다. 그러나 사람들은 그 말에 선뜻 마음을 합치지 못했다. 헌병대에서 들어줄 리 없기 때문이었다.

그들은 근심 속에서 날마다 한 차례씩 가슴 아린 일을 겪어야 했다. 강 서방의 아내 정읍댁이 비를 맞고 와서 남편을 만나겠다고 몸부림치고 통곡하는 것이었다.

"다 물러서랑게라. 내 남정네 내 손으로 묻어 주고 나도 죽을라요. 왜놈이고 헌병이고 무서운 것 암것도 없단 말이어라."

정읍댁도 만경댁처럼 실성하게 될까 봐 그들은 한사코 정읍댁을 막았다. 그러나 젊은 여자의 처연한 몸부림은 그들의 가슴에 슬픈 장마가 지게 만들었다.

만경댁은 만경댁대로 실성기가 심해져 신 내린 무당이 춤추듯하며 빗속을 떠돌았다.

그런 가운데 의병들이 임실 쪽에서 주재소를 습격해 일본 헌병 넷과 조선 사람 둘을 죽이고 총을 뺏어 갔다는 소문이 들려왔다

그 소문을 듣고 지삼출의 아내 무주댁은 기운을 차렸다. 그 소문을 남편이 살아 있다는 소식으로 들은 것이다. 그녀는 남편이 쉽게 죽을 사람이 아니라고 굳게 믿고 있었다. 무슨 근거가 있는 것은 아니었다. 그저 함께 살아오면서 생긴 믿음이었다.

무주댁은 소식이 없는 다섯 사람 모두가 살아 있기를 간절하게 빌었다.

"그 사람들이 우리 남정네들 아닐랑가?"

손판석의 아내 부안댁이 찾아와 무주댁에게 속삭였다. 부안댁도 무주댁과 생각이 같았던 것이다. 무주댁은 부안댁의 손을 꼭

잡고 고개를 끄덕이는 것으로 가슴 깊은 말을 대신했다.

이레 만에 강 서방과 주성춘의 장례를 치렀다. 닷새째에 노인들을 앞세워 남자들이 헌병대를 찾아갔고, 헌병대에서는 조건을 붙여 장례를 허락했다. 앞으로 그 누구도 의병에 가담하지 않겠다는 서약을 하는 것이었다. 서약서에 동네 남자들은 빠짐없이 손도장을 눌렀다.

두 사람의 장례 비용은 송수익의 어머니 이 씨가 다 내놓았다.

14

신작로

남쪽은 이미 의병 투쟁의 열기에 휩싸였고, 그 기운은 점점 북쪽으로 퍼져 가고 있었다. 그 위기를 파악한 통감부는 전국에 더 많은 경찰을 배치했다. 그리고 조선 사람의 궁중 출입을 통제하고, 이름뿐인 황제인 고종을 죄인과 다름없는 감금 상태에 빠뜨렸다. 또한 이민조례를 공포해 일본인이 조선에 이주해도 생명과 재산을 지키는 데 아무 염려가 없도록 했다.

이민법 시행에 따라 항구마다 일본인의 가족 단위 이주가 크게 늘었다. 항구 중에서도 군산항은 더 심했다.

일본 사람들이 밀려들면서 군산은 활기에 넘쳤다.

그런 가운데 백종두는 바짝 몸이 달았다. 그동안 노리고 있던 기회가 온 것이었다.

그것은 신지방관제의 실시였다. 정부에서는 전국을 13도 11부 333군으로 개편하고 일본인 참여관을 두어 행정을 감독하게 한 것이다. 그것은 행정권도 완전히 박탈당한 것을 의미했다.

백종두는 이 기회에 무슨 수를 써서라도 300개가 넘는 군의 군수 자리 하나를 따내려고 골몰했다. 그러나 묘책이 떠오르지 않았다. 군수 자리를 거머잡는 딱 한 가지 방법은 의병을 몇 놈 잡는 것이었다. 그러자면 회원들을 이끌고 직접 나서야만 했다. 그러나 목숨까지 걸 생각은 추호도 없었다. 그것 말고는 쓰지무라의 눈이 번쩍 뜰 만한 묘책이 떠오르지 않았다.

백종두는 하시모토를 유일한 끈으로 생각했다. 하시모토는 쓰지무라와 꽤 가까운 사이인 만큼, 먼저 그를 도와주고 그다음에 그의 도움을 받는 수밖에 없었다.

백종두는 하시모토를 찾아갔다.

"어쩐 일이시오, 백 상."

무슨 종이를 들여다보던 하시모토는 백종두를 힐끗 보고는 다시 종이로 눈길을 돌렸다.

"무슨 좋은 일 생긴 모양이군요. 이게 뭡니까?"

백종두는 비위짱 두껍게 하시모토 옆으로 바짝 다가서며 종이를 내려다보았다. 지도였다.

'이놈이 땅을 사고 싶어 발광이로구나.'

백종두는 입가에 비웃음을 물었다.

"지도를 본다고 소용 있나요. 땅을 사려면 직접 다녀 봐야지요."

백종두는 유창한 일본말을 구사하며 궐련을 꺼냈다.

"농지 구입은 일단 보류요."

하시모토가 불쑥 던진 말이었다.

"아니, 무슨 말이오?"

갑작스러운 말에 백종두는 놀란 감정을 그대로 드러냈다.

"뭘 그리 놀라시오? 백 상은 아직 신작로 건설 계획을 모르시나?"

하시모토는 지도를 들여다본 채로 심드렁하게 말했다.

"신작로요?"

백종두로서는 전혀 모를 소리였다.

"왜, 신작로가 뭔지 모르시오?"

하시모토의 옆얼굴에 경멸적인 웃음이 스치고 지나갔다.

"그게 뭐요?"

"자동차가 다닐 수 있는 넓은 길을 새로 만드는 거요."

"그런 길을 어디다 만든다는 거요?"

"백 상은 꽤나 눈치가 빠른 줄 알았는데 치도국(治道局)이 생긴 줄 모르시오?"

"그거야 알고 있소."

백종두는 지체 없이 대꾸했다. 그러나 그건 거짓말이었다.

"치도국의 계획에 따라 전국에 신작로를 건설할 것이오. 그런데 그 계획이 가장 먼저 진행될 곳이 바로 여기 호남평야, 전주에서 군산까지요."

"전주에서 군산까지 신작로를 닦는다면 쌀 실어 나르려는 것 아니오?"

"역시 백 상은 눈치가 빠르군요. 그 신작로 공사 때문에 농지 구입을 보류하는 거요."

백종두는 왜 농지 구입을 보류하는지 상대방의 속마음이 잡히지 않았다.

"신작로가 어디로 날지 몰라서 그러는 거요?"

백종두는 어림짐작으로 투망을 던졌다.

"그렇지요. 논을 무턱대고 샀다가 신작로로 먹히면 그 손해가 이만저만이 아니잖소."

'저 젊은 놈이 백여시라니까.'

백종두는 상대방을 새삼스레 바라보았다.

"그래서 신작로가 어디로 뚫릴지 점치고 있었소?"

"그게 아니오. 신작로가 어디로 뚫릴지는 곧 알게 돼 있고, 나는 여기를 보고 있소."

하시모토는 검지 손가락으로 지도의 한 부분에 동그라미를 그렸다.

"거기는 해변, 갯벌 밭 아니오? 그까짓 거 뭘 하게요?"

"논 사들여 농장을 꾸미기 전에 여기다 먼저 시작할 사업이 있소."

"갯벌 밭에다 사업을 시작해요?"

"염전이오."

"염전? 그건 아무나 할 수 있는 사업이 아니잖소?"

"다 허가를 받아 놨소."

하시모토가 씨익 웃었다. 백종두는 머리가 핑 울리는 충격에 부딪혔다. 그 순간 떠오른 것이 쓰지무라 서기의 얼굴이었다. 갑자기 하시모토가 몇 배로 커 보였다.

"앞으로는 염전을 개인한테 허가 내주는 거요?"

"그럴 리 있겠소. 그거야 나라가 도맡는 전매사업인데."

하시모토는 다시 지도에 눈길을 꽂은 채 대꾸했다.

"그럼 하시모토 상이 허가받은 건 뭐요? 하시모토 상은 개인이 아니고 단체란 말이오?"

백종두의 목소리는 약간 흔들리며 열기가 묻어나고 있었다.

"나라의 전매사업도 결국 개인들이 맡아서 하되 한곳으로 모으는 것 아니겠소? 단 그 개인이 나라에서 믿을 만한 특별한 개인이라는 점이 다르다면 다른 거겠지요."

"믿을 만한 특별한 개인이라고……."

백종두는 속이 뒤틀리면서 조선말로 중얼거렸다.

'왜놈들이 전매사업까지 제 놈들끼리 해 처먹기 시작하네.'

그의 꼿꼿하게 곤두서는 화를 꾹 눌러 참았다.

이 기회에 군수 자리를 따게 해 달라고 부탁해 볼까 하는 생각
이 불쑥 일었다. 그러나 그 생각도 눌렀다. 감이 익기를 기다려야
했다. 자신은 아직 하시모토를 도와준 게 별로 없었다.

"하시모토 상은 벼슬을 하고 싶은 생각은 없으시오?"

백종두는 넌지시 물었다.

"글쎄요…… 관리가 되어 권력을 갖는 것도 나쁠 건 없지만 난
그보다 사업을 잘해서 큰 자본가가 되고 싶소. 앞으로 세상은 관
리보다 자본가가 더 큰 권력을 행사하게 될 거요."

백종두로서는 그 말이 선뜻 이해되지 않았다.

"제아무리 재산이 많다 해도 장사치는 장사치일 뿐이고, 관리
는 자리가 높기만 하면 권력이고 돈이고 다 차지하게 되는데요?"

"내가 벼슬을 하고 싶었으면 일러전쟁에서 세운 공로로 얼마든
지 할 수 있었소. 허나 난 미련 없이 거절했소. 내가 시멘트 회사
사원으로 블라디보스토크 지점 근무를 자원했던 것도, 밤낮없
이 러시아어를 공부해서 하시모토양행을 경영한 것도 다 대자본
가가 되려는 꿈 때문이었소. 그런데 전쟁이 터져 통역으로 나섰

고, 내가 탄 배가 군산항에 머물게 되어 이 일대를 살펴보니, 바로 이곳이 내 꿈을 다시 펼칠 적당한 곳이었소. 그래서 사업 자금을 이곳에 투자하게 된 거요."

하시모토의 말투에 자신감이 넘쳤다.

백종두는 놀라움으로 하시모토를 바라보았다. 그 짤막한 말만으로도 그가 살아온 내력이 너무 색달라 놀라지 않을 수 없었다.

"하시모토 상이 그리 장한 분인 줄은 몰랐습니다."

백종두는 아부 섞은 말에 설탕까지 바르고 있었다.

"뭐 대단할 것 없어요. 그건 그렇고 백 상이 날 본격적으로 도와줘야 할 시기가 왔소. 내년부터 소금을 생산하려면 추수가 끝나자마자 염전 공사를 시작해서 겨울 동안 마쳐야 하오. 그러자면 인력 동원이 문젠데, 그걸 백 상이 좀 맡아 줬으면 좋겠소. 물론 추수가 끝난 다음부터는 농민들의 일손 구하기는 별로 어렵지 않소만."

하시모토는 뒤에 토를 달아 말을 끝내는 것을 잊지 않았다.

"하시모토 상이 하는 일이라면 발 벗고 나서야지요."

백종두는 흔쾌히 말하고는, "헌데…… 나도 한 가지 부탁이 있어서요." 하고 하시모토를 똑바로 보며 말했다.

"무슨 부탁인데요?"

하시모토는 당황하며 묻고는 "동업은 안 됩니다."라고 성급하게 말했다.

백종두는 여전히 하시모토를 똑바로 바라보며 씁쓰레하게 웃었다.

"난 하시모토 상의 밥그릇에 곁다리로 붙어 숟가락질할 만큼 졸부는 아니오. 말이 나왔으니 털어놓겠소. 곧 신지방관제가 실시되면 군수가 많이 바뀔 텐데, 난 군수가 되고 싶소. 그러니 하시모토 상이 쓰지무라 서기님한테 말 좀 잘해 달라는 거요. 어떻

소? 우리 상부상조합시다."

"아 상부상조, 그것 좋지요."

두 사람은 마주 웃었다. 그리고 누가 먼저랄 것 없이 손을 맞잡았다.

황금빛으로 무르익은 들녘에 사람들이 몇몇씩 짝을 지어 나타났다. 그들은 넷씩 짝이 되어 이상한 일을 하고 있었다. 긴 다리가 세 개인 받침대에 무슨 기계를 올려놓고 한 사람이 들여다보고, 다른 사람들은 멀찍이 떨어져 작은 깃발이 달린 간짓대를 세우거나, 긴 줄을 늘여 가며 기계를 들여다보는 사람의 손짓에 따라 분주하게 움직이는 것이었다.

그들이 꽂는 깃대나 줄은 아무 논두렁에나 꽂히고 아무 논이나 가로질렀다. 도리우치라는 모자를 쓴 그들은 모두 일본 사람들이었다.

사람들은 그 희한한 일이 '측량'이라는 것을 알게 되었고, 그들이 재는 데에 따라 '신작로'라는 큰길이 생긴다는 사실도 알았다.

그 소문이 퍼지면서 마을마다 뒤숭숭해지기 시작했다.

"신작로라는 것이 시방 쓰고 있는 길보다 네 곱이 더 넓다는 것이여."

"뭣이여? 그 넓은 길 만들어서 어디다 써먹자는 것잉고?"

"자동차라는 것이 왔다리 갔다리 허게 넓게 만든다는 것이여."

"보세, 길이 넓이질수록 그만치 논이 죽어 없어지는 것 이니리고?"

"그러면 그 논 값은 나라에서 다 물어 줄랑가?"

"자네 시방 자다가 봉창 뚜들기는 것이여? 나라가 그런 돈 물어 주는 것 봤능가?"

"농토야 사람 목숨인디 그리 야박허게야 헐라고?"

"무슨 소리여? 아 철길 놓으면서 논밭 뺏긴 사람 중에 쪽박 찬 사람이 한둘이여?"

"어허 큰 탈 났네. 왜놈들이 밀려든 다음부터 세상이 어찌 이리 어질어질헝고?"

논이 많으면 많은 대로 적으면 적은 대로 논 가진 사람들은 걱정으로 마음을 앓았다.

추수가 거의 끝나 가는 들녘에 서서 정재규가 호령을 하고 있었다.

"이놈들아, 거기서 썩 물러가지 못혀!"

그러나 측량 기사와 조수들은 들은 척도 않고 일판을 벌이고 있었다.

"여봐라, 저놈들을 내쳐라!"

정재규가 명령하자 뒤에 있던 세 머슴이 낫들을 휘두르며 앞으로 내달았다. 그걸 보고서야 측량 기사와 조수들은 겁을 먹고 줄달음질 쳤다.

하지만 정재규는 몇 시간 뒤에 출동한 헌병들에게 잡혀 쇠고랑을 찼다.

측량하는 사람들이 정재규에게 당한 것쯤은 그나마 점잖은 편이었다. 전주에서 군산 사이의 구간을 여러 개로 나눠 일을 시작한 그들은 곳곳에서 봉변을 당했다.

어느 마을에서는 똥바가지를 뒤집어쓰는가 하면, 어떤 동네에서는 몰매를 맞기도 했고, 어느 곳에서는 쌈박질이 벌어지기도 했다. 그때마다 헌병들이 동원되면서 마을에는 한바탕 회오리가 일었다.

15

서로 다른 길

눈이 내리고 있었다. 산이 깊어 적막도 깊었다. 겨울이 오면서 한 해가 바뀌고, 추위는 한층 맵고 드세졌다.

38명의 의병이 동굴 속에 모닥불을 지피고 둘러앉았다. 화전민의 집을 일부러 피한 모임이었다. 협의 내용을 타인이 알아 좋을 게 없고, 일본 토벌군들의 기습도 예방해야 했다.

"얼른 의논을 끝내는 것이 좋지 않은가요? 대원들이 다 들을 수 있게끔 말씀해 주시지요."

송수익이 유기석에게 눈길을 옮겼다. 그의 말은 목소리를 크게 하라는 게 아니라 모두가 알아들을 수 있도록 쉽게 말하라는 뜻이었다.

유기석이 앉음새를 고치며 고개를 들었다.

"다 아는 대로 익 자 현 자 선생님께서는 왜놈들이 주는 더러운 음식을 일절 잡숫지 아니하시고 단식으로 항거하시다가 결국 아사하셨습니다. 선생님께서는 애통하게도 별세하시고서야 댁으로 돌아오시게 되어 대마도에서 부산을 거쳐 전라도 땅으로 운구 행차가 움직이는 중인데, 고을마다 선생님의 타계를 애통해하는 사람들이 인산인해를 이룬다고 합니다. 선생님께서는 절명하시면서 선생님의 뒤를 따르는 문도들에게 목숨을 헛되이 하지 말고 후일을 기약하라는 말씀을 남기셨습니다. 또 마침 조정에서는 의병을 해산하면 그 죄를 묻지 않겠다는 조칙도 내놓았습니다. 이에 우리의 미약한 힘으로 무모한 항전을 계속하여 희생을 내지 말고 선생님 말씀을 받들어 후일을 기약하고, 그만 하산하여 선생님의 운구 행차를 엎드려 맞는 것이 도리일 줄 아오."

유기석은 긴 말을 마치며 좌중을 훑어보았다.

사람들의 얼굴에 동요의 빛이 드러났다. 이내 그 눈길들이 송수익에게 모아졌다.

송수익은 그 눈길을 의식하며 자리를 고쳐 앉았다.

"최익현 선생님께서 왜놈들이 주는 음식을 마다하시고 끝내 굶어 돌아가신 것은 실로 큰 뜻을 이루신 것입니다. 그러나 후일을 기약하라는 선생님의 말씀이 합당한지는 따져 보아야 합니다. 후일을 기약하는 것이 꼭 산을 내려가 왜놈 앞에 무릎을 꿇어야 하는 것이냐 하는 점입니다. 산에서 목숨을 보존해 가며 후일의 기회를 잡는 방법도 있습니다. 더구나 죄를 묻지 않겠다는 조정의 조칙은 절대로 믿을 수 없습니다."

송수익은 잠시 말을 멈추고 긴장한 대원들을 둘러보았다.

"그 조칙은 왜놈 통감부가 조정을 시켜 발표한 것일 뿐이고, 왜놈들이 놓은 덫에 불과합니다. 지난 갑오년에도 그랬습니다. 형편이 그리되면 죽음을 면할 수 있는 사람은 문중의 힘이 있는 양반들뿐입니다. 왜놈들은 교활해서 신분에 따라 사람을 달리 대합니다. 우리는 의병으로 뭉쳐 싸우면서 양반이니 평민이니 차등을 두지 않았습니다. 그런데 이렇듯 함께 싸우다가 하산해서 누구는 화를 면하고, 누구는 화를 당해야 하겠습니까? 또 하나 중대한 문제는 전과를 책하지 않는다는 말뜻입니다. 우리는 오로지 나라를 지키겠다는 생각으로 스스로 의병에 나섰습니다. 그것이 죄입니까? 스스로 택한 옳은 일을 이제 와서 죄로 인정하고 왜놈들 앞에 무릎을 꿇는 비겁을 저질러서는 안 됩니다. 하산하지 않고 싸우면서 힘을 기르는 것이 옳은 일이라 생각합니다."

송수익은 충(忠)에 매달려 일을 그르치는 유생들에 대한 공박을 피해 가며 말을 하느라 무척 애를 썼다.

"그 말씀이 옳구만이라우."

누군가가 뚜벅 말했다. 긴 총을 오른쪽 어깨에 기대 놓고 앉은 지삼출이었다. 둘러앉은 사람들의 얼굴에도 공감이 드러나고 있었다.

유기석은 언짢은 얼굴로 쩝쩝 입맛을 다셨다. 그는 하산을 하지 않겠다는 송수익의 태도보다 양반과 평민을 한 도마 위에 올려놓고 칼질해 대는 것이 영 마땅찮았다.

"생각이 다르니 더 말해 봐야 무엇 하겠소? 난 하산할 테니 따를 사람은 따르시오."

유기석이 벌떡 몸을 일으켰다.

양반 둘과 유기석의 머슴이 따라 일어섰고, 네 사람은 동굴 밖으로 나섰다.

송수익이 그 뒤를 따라나섰다. 유기석이 고개를 돌렸다. 송수익을 쏘아보는 그 눈에 적의가 차 있었다.

"살펴 가시오."

송수익은 웃으며 담담하게 말했다.

유기석은 무슨 말을 할 듯하다가 고개를 되돌리고는 눈발 속으로 걸어가기 시작했다.

송수익은 눈발에 묻혀 차츰 멀어져 가는 네 사람의 모습을 지켜보았다.

'서로 생각이 다르면 가는 길도 다를 수밖에……'

유기석은 어쩌면 그렇게 유인석을 닮았을까 싶은 생각이 떠올랐다.

유인석은 일찍이 민비 살해와 단발령에 반발해 의병을 일으킨 유생이었다. 그의 의병대는 많은 전적을 세웠지만 장수 하나를 잘못 죽이는 바람에 파경의 길로 접어들었다. 평민 출신 장수 김백선의 처형이었다.

김백선은 충주성을 점령하여 관찰사를 처단하는 동시에 도주하는 왜군을 추격하여 용맹스럽게 싸웠다. 그런데 왜군이 병력을 늘려 다시 쳐들어왔다. 전세가 불리한 상태에서 며칠을 싸웠지만 약속된 안승우의 지원병은 오지 않았다. 김백선은 많은 부하들을 잃고 제천으로 퇴각할 수밖에 없었다. 분노한 그는 약속을 어긴 안승우의 목을 베려 했다. 그런데 총대장 유인석은 오히려 김백선을 처형했다. 평민이 감히 양반에게 불경죄를 저질렀다는 이유였다. 김백선의 죽음으로 거의가 평민인 의병의 사기는 땅에 떨어졌다. 결국 유인석은 의병을 해산하고 말았다.

송수익이 제자리로 돌아오자 대원들은 모두 무언가를 기대하는 눈길로 그를 바라보았다. 송수익은 마음을 새롭게 하기 위해 한마디 해야 한다는 것을 깨달았다.

"다들 들어 주십시오. 오늘 일은 갑자기 일어난 변이 아닙니다. 그 사람들은 어차피 떠날 사람들이었습니다. 뜻이 다르면 길이 다른 법입니다. 그동안 우리는 많은 고초를 겪었습니다. 허나 용맹스럽게 싸워 언제나 이겼습니다. 우리가 반 넘게 총을 지니게 된 것이 바로 그 물증 아닙니까. 지금 의병의 기세가 조금 약해진 것은 사실입니다. 허나 갈수록 포악해지는 왜놈에 맞서 의로운 백성들이 다시 일어날 것이고, 그때가 바로 우리가 기약하는 후일입니다. 우리는 그때를 기다리며 싸우고, 싸워서 모두가 총을 가져야 합니다. 우리를 돕는 백성들이 있는 한 우리의 앞길은 밝습니다. 모두 힘냅시다!"

송수익이 팔을 뻗쳐 올렸다.

"와아—."

대원들이 다 같이 총을 치올리며 함성을 질렀다.

"여기를 떠야 허지 않겠는게라우?"

지삼출이 의견을 내놓았다.

"그러는 게 좋겠소. 당분간 여기는 오지 않기로 하고 멀리 이동합시다."

송수익이 신중하게 말했다.

송수익 부대는 토벌대와 정면으로 맞서지 않고, 기습전이나 유인전을 펼쳤다.

주재소를 기습할 때도 유인조가 먼저 움직이고, 중간에 매복조를 두었으며, 기습조가 따로 주재소를 치고 들어갔다. 주재소 기습은 총과 탄알을 구하기 위해서였다. 기습한 주재소에는 꼭 불을 지르고 되도록 멀리 이동했다.

송수익 부대원은 주재소 기습으로 거의가 총을 갖게 되었고, 강원도와 경상도 접경에서 평민 출신 신돌석 부대가 용맹을 떨치고 있다는 소문을 들으며 봄을 맞았다.

그 무렵, 송수익은 두 가지 소식을 들었다.

첫 소식은 국채보상운동의 전개였다. 담배를 끊자, 술을 마시지 말자, 끼니마다 한 주먹씩 곡식을 모으자. 이런 호소와 함께 국채를 갚는 운동이 전국적으로 퍼졌다. 그 뜨거운 호응은 일반 대중의 반일 의지가 얼마나 강한지 잘 보여 주는 것이었다.

정부가 일본에 진 빚이 1,300만 원쯤이고, 나라의 연간 수입이 1,400만 원쯤이니 나라의 힘으로는 그 빚을 갚을 길이 없었다. 그런데 각계각층의 대중들이 몇 달 만에 600만 원이라는 엄청난 돈을 모았다. 그러나 그 일은 끝내 실패하고 말았다. 통감부는 온갖 방법으로 그 운동을 방해하더니, 2천만 원의 차관을 또 들여와 정부에 떠안겼다. 일본의 손아귀에 잡힌 정부가 다시 늘려 놓은 빚더미를 백성들이 더는 감당할 수 없었다.

두 번째 소식은 너무 충격적이었다. 고종의 황제 양위였다.

송수익은 왕이 자리에서 밀려난 것보다 그것을 계기로 나라를 완전히 잃게 되리라는 것에 충격을 받았다. 고종은 헤이그 만국 평화회의에 밀사를 파견했다는 이유로 외세에 의해 왕위에서 밀려난 최초의 왕이 되었다. 그러나 헤이그 밀사 파견은 고종이 재위 기간을 통틀어 왕답게 처리한 최초의 일이었다.

일본은 고종을 왕위에서 밀어내면서 조선을 완전히 집어삼킬 계획을 진행시켰다.

한일신협약(정미7조약)을 조인해서 국권을 장악했고, 광무신문지법 제정으로 언론·출판의 자유를 탄압할 준비를 갖추었고, 1개 사단을 용산에 주둔시켜 무력을 확장했으며, 보안법을 공포하여 그 어떤 저항도 할 수 없도록 조선 사람 모두에게 족쇄를 채웠고, 그동안 자기네와 협조를 잘해 오던 조선 군대마저 해산시켰다.

그 중대한 일이 8일 동안 다 이루어졌다. 그러나 모든 일이 일본의 뜻대로 풀리지만은 않았다. 군대해산식을 발단으로 조선 군대가 마침내 일본 군대에 방아쇠를 당긴 것이다. 서소문 일대에서 치열한 시가전이 벌어졌다. 한양을 피로 물들인 그 도전은 조선 군대와 의병이 전국적으로 봉기하는 도화선이 되었다.

원주에 이어 강화 진위대 장병들이 봉기를 일으켰고, 보은 속리산에서 노병대가 의병의 깃발을 올렸고, 원주에서 이인영이 의병의 횃불을 들었다. 문경에서는 이강년 의병이 신돌석 부대와 연합했고, 전라남북도에서는 기삼연과 김용구가 의병의 함성을 드높였다. 전국에서 일어나는 의병의 열기는 8월의 햇볕만큼 뜨거웠다.

통감부는 모든 병력을 동원해 의병 진압에 나서고, 총포화약류

단속법을 서둘러 공포했다. 그 법은 조선 사람이 총이나 화약 다루는 것을 불법화해서 의병이 총과 화약을 구할 수 없게 하려는 데 목적이 있었다. 그 법에 곧바로 반발한 사람들은 산맥을 따라 퍼져 있는 포수들이었다. 함경남도의 포수 홍범도는 동료 포수들을 규합해 포수 의병대를 탄생시켰다.

의병 전쟁은 도처에서 치열하게 벌어졌다. 일본군은 전과 달리 기관총까지 동원해서 살육전을 펼쳤다. 무기가 부실한 의병들은 일본군과 정면으로 맞섰다 하면 삼베옷을 피로 물들이며 무더기로 죽어갈 수밖에 없었다.

의병장 기삼연·김용구도 많은 대원들과 함께 전사했다. 그러나 의병장은 그 뒤를 이어 또 나타났다. 조경환·박도경·김태원 같은 사람들이었다.

의병이 걷잡을 수 없이 일어나자 통감부에서는 곳곳에 밀정을 침투시켰다. 밀정들은 의병 활동을 탐지해 내고, 일반 사람들의 움직임을 샅샅이 염탐했다.

날이 자꾸 가도 의병들의 기세가 꺾이지 않자 통감부에서는 또 다른 조처를 취했다. 면마다 자위단이라는 것을 만들어 의병을 막게 하고 각종 정보를 수집하게 했다. 그 억지 조직은 조선 관리들과 주재소의 이중 통제를 받았다. 통감부의 손아귀에 완전히 틀어잡힌 조선 관리들은 이미 조선 관리가 아니었다.

겨울이 시작되는 11월 말에 송수익은 부대를 북쪽으로 이끌었다. 목적지는 경기도 양주였고, 병력 이동 목적은 한양 공격이었다.

그것은 관동창의대장 이인영이 전국의 의병장들에게 통문을 보내, 모두 한곳에 집결하여 의병연합부대를 결성하고 그 힘으로 한성을 공격하자는 계획에 따른 것이었다.

그 계획은 호응이 커서 통문을 돌리지 않은 함경도와 평안도의 의병대까지 양주로 모였다. 그곳에 모인 의병들은 자그마치 1만을 헤아렸고 사기가 드높았다.

13도 연합부대의 총대장이 된 이인영은 일곱 명의 의병장을 임명했다. 그런데 그 대장들은 한 사람도 빠짐없이 양반 유생이었다.

송수익은 또 앞이 가로막히는 벽을 느꼈다. 한성을 공격하려면 마땅히 전투 경험이 풍부하고 지휘 능력이 뛰어난 사람을 대장으로 뽑아야 했다. 그런 사람이 있는데도 그들은 또 지체를 앞세워 능력을 묵살하고 있었다.

일본군이 싸우기를 두려워할 만큼 '나는 호랑이 같은 용맹스러운 장군'으로 이름을 떨치고 있는 신돌석도 부대를 이끌고 와 있었다. 그가 대장이 못 된 것은 평민이라는 신분 탓이었다. 그런 형편에 홍범도 부대가 무시된 것은 너무 당연했다.

그런데 더 어이없는 일이 생겼다. 총대장 이인영이 '부친 별세'

라는 연락을 받고 총대장직을 버리고 집으로 돌아가면서 의병 활동을 중지하라는 통문을 돌린 것이다. 그 통문에 따라 유생 의병장들은 중심을 잃었고, 한성 공격 계획은 실속 없는 시위가 되고 말았다.

송수익은 다시 한 번 유생들의 허위에 절망하며 부대를 되돌리지 않을 수 없었다. 그 일을 계기로 유생 의병장들은 의병대원들에게 더욱 깊은 불신을 당하게 되었다.

다시 독자적인 활동에 들어간 의병대의 기세는 여전히 드높았다. 연합 의병은 아무 성과 없이 해체되었지만, 나라 곳곳에서 활동하고 있는 의병이 얼마나 많은지 서로 확인한 것은 용기를 북돋우고 사기를 드높이는 힘이 되었다.

일본 군경의 토벌 작전은 더 거칠어졌다. 그러나 그에 맞서는 의병의 불길은 더 번져 갔다. 전국에 걸쳐 의병 활동이 없는 군(郡)은 불과 몇 개에 지나지 않았다.

그런데 유생 의병장은 자꾸 줄기만 했다. 그들이 전사한 자리는 다시 유생으로 채워지지 않았고, 의병을 자진 해산해 버리거나 뒤로 물러앉는 유생 의병장도 있었다. 그런 자리를 지체 낮은 사람들이 맡게 되면서 평민 의병장이나 군인 의병장은 갈수록 늘었다.

평민 의병장의 신분은 가지가지였다. 농민 출신이 가장 많은 가운데 화적·포수가 뒤를 이었고, 노동자·대장장이·필묵 장수·승려 같은 사람들이 섞여 있었다.

의병장 가운데 송수익이 만난 가장 이색적인 사람이 승려 공허였다.

"소승 공허라 하옵니다. 송 대장님 명성은 익히 듣고 있습니다. 뵙게 되어 생광이옵고, 싸우는 법을 한 수만이라도 배우고자 협니다."

기골이 크고 튼튼하게 생긴 공허의 첫인사였다. 목소리며 말하는 품이 활달하고 듬직했다. 그러면서도 예의는 깍듯했다. 송수익은 단번에 마음이 끌렸다.

"과분한 말씀이십니다. 저는 빼어날 수에 날개 익 자를 씁니다. 공허라 하시면……?"

송수익은 친근한 웃음을 보냈다.

"듣던 대로 중한테까지 말을 높이시는구만요. 예, 빌 공에 빌 허를 쓰는구만요. 비고 비었으니 엎어치나 메치나 그게 그것이옵지요."

공허는 껄껄대고 웃었다.

"썩 드문 법명입니다. 어느 대사께서 큰 뜻을 담으신 것 같습니다."

송수익은 그 이름이 그의 인상에 어울리는 것 같기도 하고 전혀 어울리지 않는 것 같기도 했다. 나이를 아무리 많게 본다 해도 스물서넛밖에 안 돼 보여 더 그런 느낌이 들었다.

"아이고, 그런 거이 아니구만이라. 이놈이 원체 맘속에 원한을 품고 사닝게 그거나 다스리라고 그런 법명을 내리신 거지 이놈을 믿어서가 아니구만요."

공허는 웃으며 고개를 저었다.

"무슨 원한이 그리 많으시기에……."

"중은 속세 인연에 대해서는 입을 열지 않는 것이 불가의 법도랑마요."

공허는 천진한 듯 씩 웃었다.

"그렇지요. 제가 무례했습니다."

송수익도 마주 웃고 말았다.

공허는 20명 남짓한 승려와 열댓 명의 민간인으로 이루어진 부대를 이끌고 있었다.

"한 수만 배울라고 혔다가 여러 수 배우고 떠납니다. 또 뵙기를 빌겄구만요."

공허가 남기고 간 말이었다.

16

샌프란시스코의 충성

바다에 노을이 물들고 있었다. 파도 끝에서 피어나는 하얀 물거품도 붉은 물이 들었다. 방영근은 참으로 오랜만에 바다 경치를 바라보고 있었다.

"무슨 생각 허능가?"

남용석이 방영근 옆으로 다가왔다.

"그냥 바다 구경허고 있네. 오늘은 아주 곱고 정답게 뵈네."

"곧 이별이니 그런 것이시. 어쨌거나 샌프란시스코에 가서 돈 벌어 집으로 가야제."

남용석이 눈길을 멀리 보냈다.

"그리되면 얼마나 좋겠능가? 그때가 언제가 될는지……."

방영근은 담배 연기를 한숨으로 내뿜었다. 담배 연기 속에 어머니와 형제들의 얼굴이 떠오르면서 가슴이 콱 막혔다. 언제나 설움과 눈물을 싸안고 밀려드는 얼굴들이었다.

"의병으로 온 나라가 들썩이는 모양인디, 우리가 그냥 집에 있었으면 어땠을고?"

"의병으로 나섰겄제."

방영근의 거침없는 말이었다. 그의 눈앞에 지삼출의 얼굴이 뚜렷이 떠올랐다. 그는 아버지나 지삼출이 왜 동학당으로 나섰는지 하와이에 와서야 차츰 깨닫고 있었다.

"그리 말형게 속이 시원허시. 그런디 저러다가 왜놈들헌티 나라 다 뺏기는 것 아닐랑가?"

"그리될지도 모르제."

방영근의 중얼거림이었다.

농장 계약 기간 2년이 끝나면서 그들은 거의 풀려났다. 그때는 이미 개간이 끝난 땅에 사탕수수 농사가 한창이었다. 노동자들이 채찍에 맞지 않으려 일을 열심히 하다 보니 작업 능률이 올라 루나들과 농장주는 더없이 만족해했다. 조선 사람이 일하는 농장은 어디나 마찬가지였다. 신문에 '근면하고 성실하며 순종 잘하는 조선인 노동자들'이라고 보도될 정도였다.

그런 노동자들이 농장을 빠져나가는 것을 막기 위해 루나들은 미소 작전을 벌였다. 그러나 노동자들은 거의가 고개를 내저었다. 근로조건이 달라진 것이 없는 데다, 그 지긋지긋한 농장에서 한시바삐 벗어날 생각뿐이었다.

방영근과 남용석도 농장을 박차고 나왔다. 방영근은 바로 집으로 돌아가고 싶었지만 수중의 돈이 뱃삯으로 어림도 없었다. 그렇다고 벌이가 낫다는 샌프란시스코로 건너갈 액수도 못 되었다. 어쩔 수 없이 하와이에서 돈을 더 모아야만 했다.

"내 나이 스물다섯잉게 여기로 끌려오지 않았으면 아부지가 되었을 것인디. 하마 갑분이는 딴놈헌티 시집을 갔겄제?"

남용석은 한숨을 푹 쉬고는 "자네는 맘에 둔 색시가 없었능가?" 하고 물었다.

"싱거운 소리 마소. 나야 가난해서 장가도 못 갈 처지였응게."

방영근은 바다 쪽으로 고개를 돌려 버렸다. 하지만 방영근은 바다 저쪽에서 솟아오르는 고운 처녀의 모습을 보고 있었다. 여동생 보름이의 동무 오월이었다. 내놓고 장래를 언약한 사이는 아니지만 서로 마음의 덩굴은 얼크러져 있었다. 집을 떠나오기 전날 밤, 대밭에서 만났을 때 오월이는 울기만 했다. 기다리라고 말하고 싶었다. 하지만 겨우 한마디 한 것이 '얼른 다녀올 것이구만'이었다.

햇수로 4년이면 오월이도 어디론가 시집을 가 아이 엄마가 되었

을 세월이었다. 새삼스러운 생각에 방영근은 가슴이 쓰렸다.

"하와이는 왜놈들 판이고 샌프란시스코는 뙤놈들 판이라는디
괜찮을랑가 몰라?"

남용석의 걱정스러운 말이었다.

"거기야 여기보다 크고 일거리도 많단게 별 걱정 없겄제."

방영근은 그저 예사롭게 대꾸했다. 하지만 속마음에는 남용석과 똑같은 걱정이 도사리고 있었다. 농장에서 벗어나 반년 동안 당한 기억이 너무 생생하게 남아 있었던 것이다.

농장을 나와 보니 하와이는 그야말로 일본 사람들 천국이었다. 그도 그럴 것이 하와이 인구 19만 가운데 일본 사람이 7만이었던 것이다.

방영근과 남용석은 돈벌이를 찾아 쏘다녔지만 할 일은 막노동뿐이었다. 두 사람은 도로 공사장을 찾아갔다. 미국 사람은 조선 사람이라는 말을 듣자 엄지손가락을 세우며 바로 채용해 주었다. 그러나 일본인 십장이 사사건건 트집을 잡는 바람에 닷새를 못 버티고 밀려났다. 일당 2달러 50센트의 좋은 일자리를 조선 놈들에게 줄 수 없었던 것이다.

두 사람은 어쩔 수 없이 중국인 노동자가 판을 치는 부두로 갔다. 아편을 피우는 중국 노동자들은 폭력 조직을 짜서 부두를 장악하고 있었다. 그들에게 잘못 보이면 감쪽같이 죽어 없어질 수도 있었다. 둘은 거기서도 얼마 버티지 못하고 농장으로 돌아오고 말았다.

월급날이 사흘 앞으로 다가와 있었다. 이번 월급만 타면 하와이를 떠나 샌프란시스코로 건너가게 되어 있었다. 샌프란시스코까지 가는 뱃삯이 30달러였다. 그러나 앞일을 생각해서 또 30달러의 여윳돈은 있어야 했다. 그 60달러를 모으는 데 꼬박 1년이 흘렀다.

그러나 일은 뜻대로 되지 않았다.

"영근이, 샌프란시스코 가기는 다 글렀네. 본토로 못 건너가게 법을 고쳐 부렀다네."

남용석의 얼굴이 곧 울 것처럼 일그러졌다.

"언제부터 그리된 것이여?"

방영근은 침상에 주저앉았다.

"얼마 안 된 모양이시. 백인들은 황인종이 본토에 많아지는 걸 달가워하지 않고, 또 황인종 노동자가 하와이에서 다 빠져나가면 사탕수수 농장은 어찌 되겠느냐는 것이여. 다 그렇게 연관되어 있다는 것이여."

두 사람은 중국 음식점을 찾아가 술잔을 마주 들었다. 목 줄기를 타고 내리는 독한 술기운을 느끼며 방영근은 돼지 한 마리 값보다 싸게 이 농장 저 농장으로 팔려 다닌다는 멕시코의 조선 사람들 신세와 자신을 비교하고 있었다.

멕시코 유카탄반도로 끌려간 조선 사람들은 정말 짐승보다 싼 값으로 팔리고, 아무런 보수도 없이 채찍을 맞아 가며 강제 노동을 한다고 했다.

"이 사람아, 술 안 마시고 무슨 생각을 허나? 집 생각이여?"

남용석이 방영근을 일깨웠다.

"아니, 멕시코에서 고생허는 사람들 생각이 나서."

방영근이 떫은 입맛을 다시며 술잔을 들었다.

"그려, 그 사람들 생각허면 가슴 아프제, 멕시코 놈들 참말로

악독헌 인종이여.”

남용석의 얼굴도 침통해졌다.

“미국 놈들이고 멕시코 놈들이고 다 즈그들 배불리 살겄다고
그러는 것이제. 어쨌거나 당허는 우리가 빙신이여.”

방영근은 한숨을 푹 쉬며 술잔을 단숨에 비웠다.

“당허는 우리야 무슨 죄가 있간디? 나라 다스린다는 양반이란
것들이 제 헐 일 제대로 안 허는 못된 인종들이지. 멕시코로 조
사 간다고 여기 왔던 무슨 대신 안 있능가?”

“윤치호 말이여?”

“이, 그런 물건들이 대신 자리를 차지허고 앉었응게 나라가 망
쪼 드는 것이여. 조사허기로 나섰으면 멕시코로 가야지 엉뚱허니
여기 하와이서 며칠 보내다가 그냥 떠나다니. 천 명이 넘게 죽어
가는 백성을 생각허면 그것이 어디 사람이 헐 짓거리여?”

술기운 탓인지 남용석은 흥분하고 있었다.

“이 사람아, 그 대감마님이 배 타느라고 병을 얻으셨다고 안 그
러등가? 그려도 농장 돌아다니면서 연설을 했응게 공밥 먹고 놀
다 간 것은 아니시.”

방영근이 비꼬고 있었다.

“허기사 그렇구마. 장허시고 장허신 대감이시제.”

남용석이 허탈하게 웃어 버렸다.

멕시코에서 고생하는 동포들의 참상은 인삼 장수 박영순에 의해 샌프란시스코에 있는 북미 한인공립협회에 알려졌고, 그 사실이 하와이 교포신문에 크게 실렸다. 뒤이어 국내의 《대한매일신문》에도 보도되었다.

조정에서 부랴부랴 뽑은 조사단장이 바로 외무대신 윤치호였다. 그러나 그는 멕시코로 가지 않고 하와이에서 발길을 되돌리고 말았다.

그 무책임한 행위로 윤치호는 하와이 조선 사람들에게 두고두고 욕을 먹었다.

"헌디, 자네 그때 돈 얼마나 냈제? 멕시코에 돈 모아 보낼 적에 말이시."

남용석이 게슴츠레한 눈을 껌벅거렸다.

"자네나 나나 똑같이 2달라씩 안 냈능가?"

하와이 노동자들은 멕시코 동포들을 위해 모금 운동을 벌였고, 한인 단체에서는 하와이주정부를 상대로 그들을 모두 하와이로 데려오는 일을 추진했다. 사탕수수 농장에는 더 많은 노동력이 필요했고, 1천여 명의 조선 사람을 데려오는 것은 주정부로서도 반길 일이었다.

그러나 그들을 데려오는 데 드는 비용이 문제였다. 주정부는 그 돈을 쓰지 않으려 했다. 목마른 사람이 샘을 팔 수밖에 없었다.

한인 단체와 교회는 그들을 100명씩 이주시키되 거기에 드는 비용은 나중에 농장에서 일을 해서 갚는다는 조건을 제시할 도리밖에 없었다.

하지만 그마저도 주정부는 선뜻 나서지 않았다. 멕시코와의 정치적 문제 때문에 '긍정적 검토'라는 말만 내놓았을 뿐이었다.

방영근과 남용석은 몸을 가눌 수 없도록 취해 중국집을 나섰다. 밤이 깊어 있었다.

"도라아지 도오라아지 배액도라아지이……."

남용석이 팔을 저으며 노래를 시작했다.

"얼씨이구나 조옷타, 어절씨구 조옷타……."

방영근도 비틀거리며 장단을 맞추었다.

서로 의지해 가며 비틀거리고 걷던 그들은 해변에 이르러 발길을 멈추었다.

"어엄니이―."

긴 목소리가 파도 소리에 묻혀 버렸다.

"어엄니이―."

또 다른 목소리가 이어졌지만 어두운 밤바다가 그 소리를 빨아들여 버렸다.

두 사내는 모래밭에 주저앉아 누가 먼저랄 것도 없이 울음을 터뜨렸다. 사내들의 굵은 울음소리가 모래밭에 스미고 파도에 실리고 있었다.

새벽녘의 서늘함이 점점 사라지는 3월 어느 날, 충격적인 소문이 빠르게 퍼졌다.

샌프란시스코에서 조선 사람이 미국 사람을 총으로 쏘아 죽였다!

총에 맞아 죽은 사람은 일본의 강압적인 고문정치에 따라 조선의 외교 고문직을 차지하고 있던 스티븐스였고, 그를 쏘아 죽인 사람은 조선인 청년 장인환이었다.

스티븐스는 샌프란시스코에 도착해 《크로니클 신문》과 회견을 했다. 그 회견에서 그는 조선을 보호국으로 만든 일본의 정당성을 역설하고, 조선은 일본의 통치 아래 나날이 경제 발전을 이루고 있으며, 조선 사람은 일본의 통치를 환영하고 있다고 강조했다.

그 회견이 신문에 나자 샌프란시스코의 조선 사람들은 분노를 터뜨렸고, 한인 감리교회에서 열린 '특별집회'에는 50여 명이 모였다. 샌프란시스코에 거주하는 한인이 모두 60여 명이니 거의 다 모인 셈이었다.

그 집회의 토론에서 '조선 사람이 주는 돈으로 먹고사는 놈이 왜놈의 스파이 노릇을 하니, 그는 우리 민족의 원수다. 그를 죽여야 한다'는 강경론이 터져 나왔다. 그리고 네 사람을 대표로 뽑아 그 문제를 해결하기로 했다.

네 사람의 대표는 곧 페어먼트 호텔로 스티븐스를 찾아갔다. 호텔 안내원은 그들이 스티븐스의 일본인 친구인 줄 알고 바로 연락했고, 스티븐스는 호텔 로비로 내려왔다. 그들을 본 스티븐스는 당황해서 도망치려 했다. 네 사람은 재빨리 그를 에워싸고, 다시 기자회견을 열어 전날의 발언을 취소하고 사과하라고 요구했다.

"이등박문은 아시아의 위대한 정치가이고 조선을 위해 많은 일을 하고 있다. 조선의 황제는 아무 능력이 없고, 관리들은 형편없이 부패했다. 그리고 조선 국민들은 미개한 백성이다. 그들은 독립할 자격이 없다. 일본이 보호하지 않았다면 조선은 러시아에게 점령당했을 것이다. 당신들은 일본에 감사해야 한다."

스티븐스의 응수였다.

"이 개 같은 놈아!"

"이 버릇없는 놈을 때려죽여라!"

네 사람이 외쳤고, 누군가 의자를 집어 스티븐스를 내리쳤다.

스티븐스는 고꾸라지며 사람 살리라고 소리쳤고, 네 사람은 주먹질, 발길질을 해 댔다. 그러나 호텔 로비에서 벌어진 소동은 오래가지 못했다.

그 사실은 또 신문에 났고, 다음 날 아침 샌프란시스코 부두에서 스티븐스는 총에 맞았다.

그런데 스티븐스와 함께 총을 맞은 조선 청년이 있었다. 그 청년은 장인환보다 먼저 스티븐스에게 총을 쏘았는데 불발이 되자 스티븐스에게 달려들어 주먹질을 하고 있었다. 그때 장인환이 권총의 방아쇠를 당겼다. 스티븐스가 두 방을 맞았고, 빗나간 한 방이 그 청년에게 맞았다. 그 청년은 전명운이었다.

장인환은 현장에서 체포되었고 스티븐스와 전명운은 병원으로 옮겨졌다. 스티븐스는 생명이 위독했고, 전명운은 생명에 지장이 없는 경상이었다.

'내가 왜 스티븐스를 죽여야 했는가를 생각해 보십시오. 스티븐스의 음모로 수천 명의 우리 국민이 살해당했고, 그가 조선으로 돌아가면 더 많은 사람들이 희생될 것입니다. 나는 더 이상 스티븐스에게 우리 동포가 희생되는 것을 원치 않습니다. 내가 스티븐스를 죽이고 죽을 수 있다면, 내 나라를 위한 영광으로 생각하겠습니다.'

1908년 3월 25일 《크로니클 신문》에 실린 장인환의 글이었고 그날 스티븐스는 죽었다.

같은 날 《뉴욕 타임스》는 '조선 민족은 아직도 살아 있다'라는 제목의 사설을 실었다.

'스티븐스 저격은 조선인이 자기들의 생존을 지키기 위한 의사 표시였고, 자기 민족의 운명을 자기들 힘으로 해결해 나가겠다는 강한 의지의 표현이었다.'

이 사설은 미국 대통령 루스벨트가 '조선 사람들은 자기 나라를 방어하기 위해 손가락 하나 들지 못하는 민족이다'라고 하면서 조선이 일본의 보호를 받는 것은 당연하다는 논리를 편 것과는 정반대의 논지였다.

루스벨트의 그런 모독적인 발언은 3년 전에 그의 특사 태프트와 일본 총리대신 가쓰라 사이에 맺어진 '비밀 협약'을 뒷받침하기 위한 교활한 술책이었다. 일본의 조선 지배를 미국이 인정하고, 미국의 필리핀 지배를 일본이 인정하는 내용인 '가쓰라-태프트 밀약'은 철저하게 밀봉되어 있어서 루스벨트가 그런 발언을 한 저의를 간파할 수 있는 조선 사람은 단 한 사람도 없었다. 그해 11월 고종이 구원을 요청하는 밀서를 미국 대통령에게 보낸 것도 그 밀약을 전혀 몰랐던 탓이고, 루스벨트가 고종의 밀서를 묵살해 버린 것도 너무 당연한 일이었다.

하와이의 조선 사람들은 끼리끼리 모여 앉아 새로 들어온 이야기를 나누었다.

그런 자리를 통해 장인환과 전명운이 함께 그 일을 계획한 게 아니라 따로따로 계획했다가 우연히 부두에서 마주치게 된 것임을 알게 되었고, 스티븐스가 일본이 조선을 완전히 속국으로 만드는 것이 옳다는 것을 선전하기 위해 미국에 왔다는 것도 알게 되었다.

그러나 조선 사람들의 가장 큰 관심사는 두 사람의 장래였다.

그 사건은 미국뿐만 아니라 세계적인 파문을 일으켰다. 범인으로 체포된 두 청년의 태도가 너무 당당했고, 미국 신문이 대대적으로 보도한 영향이었다. 미국 사회에서는 두 사람을 살인자로 규정하고 극형에 처하라는 시위가 여기저기서 벌어졌다. 그런 가운데 샌프란시스코에서는 동포들을 중심으로 두 사람을 구하기 위한 후원회가 결성되었다.

샌프란시스코에 이어 하와이에도 후원회가 구성되었다. 후원회가 만들어지면서 장인환, 전명운의 이름 앞에는 '의사(義士)'라는 두 글자가 붙게 되었다.

"두 분의 뜻을 받들기 위해 그냥 장인환, 전명운이라고 부를 게 아니라 의사 장인환, 의사 전명운이라고 합시다. 그것이 우리 대신 목숨을 내던진 두 분에게 예절을 갖추는 바가 될 것입니다."

후원회에서는 농장을 돌며 이렇게 일깨웠다.

후원회에서는 두 사람의 재판비용을 마련하기 위한 모금 운동을 벌였고, 방영근은 농장 안에서 모금 운동에 앞장섰다. 그는 지니고 있던 돈에서 반을 잘라 내놓았고 남용석도 묵묵히 돈 절반을 털어 냈다.

모금 운동은 미국뿐만 아니라 조선과 만주에서도 벌어졌다. 거기서 보내온 돈이 7,390달러였다. 사탕수수 농장 일꾼의 월급이

15달러인 것에 견주면 그 액수는 어마어마한 것이었다.

　두 사람의 변호사로 카클린을 선정한 후원회에서는 유능한 통역을 구해야 했다. 후원회에서는 하버드 대학에서 문학석사 학위를 받은 이승만에게 맡기기로 했다.

　이승만은 7월 16일에 샌프란시스코에 도착했다. 하버드 대학에서 문학석사 학위를 받을 만큼 잘하는 영어로 죽음을 눈앞에 둔 두 애국자를 살려 내리라는 기대로 동포들은 이승만을 열렬히 환영했다. 몇몇 사람들은 앞다투어 이승만을 자기 집에서 묵게 하려고 했다. 그러나 이승만은 그들의 성의를 냉정히 거절하고 비싼 호텔에 투숙했다.

　그의 그런 태도는 동포들을 실망시켰고, 곧 소문이 되어 퍼졌다.

　그런데 재판이 빨리 열리지 않았다. 사람들은 재판이 열리기를 초조하게 기다렸지만 8월도 그냥 저물고 있었다. 그런데 뜻밖의 사건이 벌어졌다. 이승만이 8월 25일에 샌프란시스코를 떠나 버린 것이다.

　"동포 여러분께 매우 미안합니다. 그러나 재판이 언제일지 모르고 나 역시 논문을 써야 하니 떠나지 않을 수 없습니다. 그리고 나는 예수교인이니까 살인 사건 재판의 통역은 원하지 않습니다. 살인 행위는 하나님의 뜻에 거역되는 죄악입니다."

　이승만이 남기고 간 말이었다.

이승만의 행동과 말은 동포들에게 크나큰 충격이었다. 그 소문은 삽시간에 퍼졌고, 이승만은 실망과 원성의 대상이 되었다.

"피나는 돈만 축내고 갔구먼."

누구나 한마디씩 하는 말이었다.

17

남한 대토벌

장인환이 스티브스를 쏘아 죽인 소식이 조선에 전해지자 의병의 불길이 더 거세게 일었다.

그러자 통감부에서는 제23연대와 제27연대를 또 일본에서 끌어들였고, 헌병 보조원을 전국에서 모집하고 나섰다.

'일본 헌병과 같은 제복을 입고, 일정 기간이 지나면 정식 헌병이 되어 출셋길이 열린다.'

이런 선전을 앞세워 헌병대와 주재소에서는 부랑배와 건달패들을 마구 끌어들였다.

그 기회를 누구보다도 반가워한 것이 백종두였다. 아들 남일이를 보조원으로 넣을 수 있어서였다. 그동안 백종두는 큰아들 때문에 남모르게 속을 썩고 있었다.

신식 공부는 시늉만 하더라도 대처에 나가 식견이라도 넓히라고 아까운 돈 없애 가며 한성살이를 시켰는데, 아들놈은 술만 마신 데다 아예 첩까지 꿰찼던 것이다.

"니 내일 당장 헌병 보조원으로 등록허그라."

백종두의 싸늘한 명령이었다.

"예에……."

백남일은 속으로는 못마땅했지만 지은 죄가 있어서 꼼짝 못하고 따를 수밖에 없었다.

전국에서 모은 헌병 보조원이 자그마치 4천 명쯤이었다. 그들은 의병 토벌에 동원되었다. 통감부의 대응은 거기서 그치지 않고 이름이 높거나 용맹을 떨치는 의병장들의 목에 현상금을 걸었다. 이강년 5천 원, 신돌석 5천 원 하는 식으로 목숨 값을 정했다. 송수익의 목은 3천 원짜리였고, 지삼출이며 공허의 목은 1천 원짜리였다.

"허허…… 이놈 목이 천 원짜리로밖에 안 보이다니, 그동안 이놈이 살생을 서툴게 했다는 것 아니겠능가요? 앞으로 살생에 더 용맹정진해서 이 중놈 목도 5천 원짜리가 되어야겠구만요."

공허가 자신의 굵은 목을 슬슬 문지르며 한 말이었다.

송수익은 빙긋이 웃었다.

"스님 목이 천 원이면 과분허요. 쌈은 나보다 절반밖에 안 했는디 나허고 똑같이 값을 치다니. 그 왜놈이 누군지 내가 오늘 밤에 당장 잡아 죽일라요."

지삼출이 화가 난 것처럼 퉁명스레 던진 말이었다.

"아하, 듣고 보니 그렇소. 지 대장이 그 왜놈을 죽이러 나서기 전에 내가 그놈을 찾아가 내 몫 절반을 지 대장헌티 줘도 되는지 알아보고 오겠소."

공허는 정색을 하고 말했다.

"아이고, 저 싱거운 거!"

지삼출은 그만 말문이 막혀 하늘을 쳐다보며 웃고 말았다.

"500원도 과분허구만요. 쌀 백 섬이 넘는 값 아닌게라?"

공허는 끌끌끌 혀를 차며 돌아섰다. 그 말은 여러 가지 뜻을 담고 있었다.

그 현상금이 결국 어디서 나올 것이냐 하는 뜻도 있었고, 그런 거액을 내건 것이 가소롭다는 뜻도 있었고, 그런 술책으로 의병과 민심을 이간시키려는 왜놈들을 비웃는 뜻도 있었다. 그러나 얼핏 들으면 그저 겸손 같기만 했다.

송수익은 그런 여러 가지 의미를 새기며 돌덩어리같이 견고한 느낌을 주는 공허의 박박 깎은 뒷머리를 물끄러미 바라보고 있었다.

현상금을 내걸고 얼마 지나지 않아 일본군은 뜻밖의 수확을 얻었다. 호랑이같이 용맹스럽고 귀신같이 묘술을 부리는 것으로 소문난 신돌석을 없앤 것이다. 한바탕 싸움을 끝낸 신돌석은 부대를 분산시킨 뒤 은신처에서 자다가 도끼에 찍혀 죽었다. 그의 고종사촌 두 형제가 신돌석에게 독한 술을 권해 잠에 곯아떨어지게 한 다음 그 짓을 했다.

신돌석의 시체를 일본군에게 넘기며 그자는 현상금을 요구했다. 그런데 일본군은 냉정하게 외면하고 말았다. 신돌석을 생포해야지 시체는 소용이 없다는 것이었다.

그 소문은 널리 퍼져 나갔다.

의병이고 민간인들이고 다 같이 치를 떨었다.

7월 들어 이강년이 체포되고, 신돌석마저 그런 흉사를 당하자 충북과 경북 의병은 몰락으로 치달았다. 그리고 도처에서 의병을 잔혹하게 죽이고 있다는 소문이 흉흉하게 퍼졌다. 의병을 잡으면 공개 처형은 으레 하는 짓이었고, 원주에서는 얼굴에서부터 가죽을 벗겨 가며 사람들에게 웃으면서 박수를 치게 했다. 평산에서는 남녀 수십 명을 얼음을 깨고 강물에 밀어 넣어 얼려 죽였고, 홍천에서는 장날 가마솥에 의병 시체를 펄펄 끓이며 장꾼들에게 구경을 시켰고, 순창에서는 의병 둘에게 억지로 물을 먹여 배를 부풀린 다음 배 위에 널빤지를 놓고 일본군 여러 명이 올라가 마구 발을 굴러 물을 뿜는 것을 구경시켰고, 임실에서는 의병을 잡

지 못하자 한마을 사람을 모두 땅에다 가슴까지 묻고 마치 풀을
베듯 목을 쳐 죽였다.

"그 소식을 널리 알려야겠소. 특히 왜놈들이 현상금을 주지 않
았다는 사실을 강조하도록 합시다."

송수익이 부장들에게 지시했다. 일본군의 악랄함을 선전해 현
상금 작전을 역이용하자는 의도였다.

지삼출은 짙어 오는 어둠을 따라 소부대를 이동시켰다. 군자금
을 구하기 위한 출동이었다. 공허가 신도들로 짜 놓은 정보망을
통해 입수한 정보에 따르면 고부의 문 부자가 쌀 2천 석을 일본
상인에게 넘기고 돈을 받았다는 것이다.

지삼출은 공허의 부대와 주막에서 만났다. 그 주막은 그들의
연락망 중의 하나였다.

"얼른 뜹시다."

공허가 땀을 훔치며 속삭였다.

"그럽시다."

지삼출이 어둠 속을 응시한 채 대꾸했다.

그들 열 명은 20리 길을 단숨에 걸었다. 개구리 울음소리가 그
들의 발소리를 감추어 주었고, 어둠이 그들의 움직임을 감싸 주
었다.

공허의 부대가 바깥을 경계하고 지삼출의 부대 다섯 명이 문

부잣집의 높은 담을 넘었다.

지삼출은 희미한 불빛이 문종이에 어린 사랑채 마루로 올라섰다. 문 부자가 세 번째 첩에 빠져 안채에는 발걸음도 안 한다는 것을 이미 알고 있었던 것이다.

지삼출은 문고리를 거칠게 흔들었다.

"누, 누구여!"

"의병이여! 얼른 문 열어, 총 쏴 지르기 전에."

"아, 알겠소. 맨몸인디 쬐깨 기다리시오."

겁에 질려 허둥대는 목소리였다.

"맨몸이고 뭐고 당장 열어. 팍 쏴 죽일 것잉게."

지삼출은 철그렁 쇳소리를 냈다.

"아이고, 알았소, 알았소……."

문고리 벗기는 소리가 들렸다. 지삼출은 지체 없이 방문을 열어젖혔다.

"아이고, 의병 나리……."

불쑥 디밀어진 총에 질겁하며 문 부자는 뒷걸음질 치고 있었다.

"잔말 말고 쌀 2천 석 팔아넘긴 돈 내놔. 잔소리허면 팍 쏴 죽여!"

지삼출은 살벌하게 내쏘며 총구를 문 부자의 이마에 들이댔다.

문 부자는 와들와들 떨며 벽장문을 밀었다. 그 발밑에는 이불이 둥그스름하게 솟아 있었다.

"얼른 저 돈 챙기소."

지삼출이 두 대원에게 지시했다.

지삼출은 와들와들 떨고 있는 문 부자의 어깨를 낚아채 삼베 홑이불을 쓰고 있던 여자와 등을 맞대게 했다. 그리고 옆구리에 차고 있던 삼끈을 풀어 두 사람을 한꺼번에 묶었다. 그런 다음 문 부자의 바짓가랑이를 하나씩 두 사람 입에 틀어박았다.

"니놈 개심허고 살어야 헐 것이여!"

지삼출은 문 부자의 허벅지를 걷어차며 그들에게 이불을 뒤집어씌웠다.

"얼른 뜨세."

지삼출은 돈짐을 진 두 대원을 앞세워 방을 나섰다.

그들이 다시 주막거리에 다다랐을 때는 자정이 넘어 있었다.

"대장님, 주막집 마당에 옷이 두 개 걸렸는디요."

앞장섰던 정탐원이 황급히 되돌아오며 낮고 빠르게 한 말이었다.

"두 개! 오늘 운대가 맞는 날이시."

지삼출의 목소리가 팽팽했다.

밤에 마당 빨랫줄에 옷이 널린 것은 주막에 왜놈 앞잡이가 들었다는 신호였다. 옷의 수는 바로 그들이 몇인지 나타내는 것이었다.

지삼출과 공허는 부하들을 갈라 방 넷을 일시에 들이쳤다. 어둠에 묻힌 주막에서는 소란이 와짝 일어났다가 이내 지워졌다.

잡아낸 남자는 분명 둘이었다. 그런데 주모가 놀라서 목청을 높였다.

"아니, 그 빈대코는 어디로 갔다냐!"

"배탈이 나 뒷간에 나갔는디요……."

일하는 처녀의 대답이었다.

"뭣이여! 얼른 잡어라."

지삼출이 외쳤다.

그들은 눈에 불을 켜고 변소며 집 안을 다 뒤졌지만 빈대코의 흔적은 없었다.

무릎을 꿇은 두 남자 중에 하나는 벌거숭이였고, 그 옆에 있는 남자는 양반이었다.

"어쩔게라우? 한 놈을 놓쳤응게 나는 인제 주막 해 먹기는 다 글렀는디."

주모의 근심스러운 말이었다.

"아무 걱정 마소. 밑천 대 줄 것잉게 날 새기 전에 멀찍이 뜨소."

지삼출이 나직이 말하고는 고개를 푹 숙인 알몸의 남자에게 바지를 내던지며 소리쳤다.

"개 겉은 놈, 개붕알이나 가려라!"

허겁지겁 바지를 꿰입는 그 남자는 다름 아닌 텁석부리 보부상 방태수였다.

밤참을 빠르게 먹어 치운 지삼출 일행은 방태수를 끌고 곧 주막을 떠났다.

그들이 떠나자 빈대코 김봉구는 똥통에서 기어 나왔다. 뒷간에 앉아 설사를 하던 그는 의병이 들이치는 눈치를 채고는 오로지 살아야 한다는 생각으로 똥통으로 들어갔던 것이다.

산속으로 들어간 지삼출과 공허의 부대는 눈부터 붙였다.

하늘이 희번하게 트이면서 어둠이 증발하고 있었다. 방태수는 턱이 가슴팍에 닿도록 목을 뺀 채 자고 있었다. 포박에서 벗어나려 몸부림치다 제풀에 지쳐 깜빡 잠에 빠진 참이었다.

"저놈을 달아매세."

개울물에 낯을 씻고 올라온 지삼출이 대원들을 둘러보았다.

기다렸다는 듯 대원들이 몸을 일으켰다. 인기척에 놀란 방태수가 잠을 깼다.

곧 방태수의 몸이 소나무에 거꾸로 대롱대롱 매달렸다.

"니 그동안 몇 번이나 염탐질했냐!"

방태수 앞에 버티고 선 지삼출이 찬바람 도는 소리로 따지고 들었다.

"그, 그런 일 한 번도 없구만이라우."

방태수의 목소리는 절박했다. 그러나 거짓말이었다. 그는 벌써 서너 차례 염탐질을 해서 목돈을 쥐었고 머잖아 자리 잡고 앉아 편히 장사할 꿈에 부풀어 있었다.

"요런 개자식, 니가 염탐꾼인 것 다 알어!"

지삼출이 휘두른 개머리판이 방태수의 가슴팍을 후려쳤다. 방태수의 몸이 반으로 접히며 요동쳤다.

"아, 아니구만요. 주모 그년이 생사람 잡는구만요. 그년이 죽일 년이랑게라."

"죽어 마땅헌 짐승만도 못헌 놈이 누구한티 욕질이냐!"

그때까지 지켜보고만 있던 공허가 불호령을 치며 내달았다. 그가 휘두른 개머리판이 방태수의 머리를 강타했다. 방태수의 몸이 축 늘어졌다. 숨이 끊어졌다는 것을 모두가 직감했다.

그 돌발 사태에 놀란 지삼출은 공허를 멍하니 바라보았다.

"갑시다, 날이 너무 밝았소."

공허가 무뚝뚝하게 말하며 몸을 돌려세웠다.

"스님이 어찌 그리 독헌고?"

숲 속을 걸으며 한 사람이 옆 사람에게 속삭여 물었다.

"독헌 게 아니라 원수 갚는 것이다요."

옆 사람이 대답했다. 먼저 말을 건 사람은 지삼출의 부대원이었고, 대답을 한 사람은 공허의 부대원이었다.

"무슨 원수 갚음인디라?"

"갑오년에 식구들이 몰살 당했는디, 왜놈 앞잡이로 나선 보부상들 때문이었다등마요."

"근디, 공허 스님은 어찌 살아났다요?"

"그건 모르고, 어린 나이에 배곯아 죽을 수가 없어서 절밥을 먹게 된 것이고, 그런 연고로 저 스님은 왜놈보다도 염탐꾼 보부상이니 일진회 패거리를 훨씬 더 미워허요."

"그런 맘이야 의병들이 다 똑같다 혀도 도 닦은 스님이 한 방에 사람을 죽여 버리는 걸 봉게로 맘이 영 요상허요."

"그리 말하지 마시오. 아까 그놈이 맞아 죽을 소리를 한 데다가, 스님도 의병으로 나섰으면 원수를 잘 잡아 죽이는 것이 옳지, 살려 보내는 것이 옳겠소?"

상대방은 말문이 막히고 말았다.

이상한 일이었다. 다른 지방에서는 의병의 기세가 점차 약해지고 있는데 오히려 전라남·북도에서는 의병이 더욱 거세게 일어나고 있었다.

그즈음 송수익이 새로 만난 의병장이 전해산이었다.

"지당한 일 아니겠습니까? 왜놈들이 논을 사들이고 쌀을 몰아가는 바람에 농민들은 살기 힘들어졌습니다. 조선 팔도에서 피해가 가장 큰 곳이 여기 전라도 땅이고, 왜놈들을 몰아내지 않고서는 이 곤궁을 면할 수가 없다는 것을 알게 된 것이지요."

전해산이 매서운 눈길로 한 말이었다.

"노형의 분별력이 틀림없는 것 같습니다."

송수익은 전해산을 처음 만나고도 십년지기 같은 친근함을 느꼈다.

"전라도 의병의 기세가 드높으니 의병 전술도 바꿔야 하지 않을까 합니다. 첫째, 근거지는 산에 두되 평지로 세력을 넓히고 둘째, 그러기 위해 농민을 의병과 농민으로 이중생활을 하게 하는 것입니다. 낮에는 농민, 밤에는 의병이 되는 전술을 쓰는 것입니다. 셋째는 방을 쉽게 써서 의병의 생각을 널리 알려야 하고 넷째는 의병대가 더 긴밀하게 협동해서 세력을 확대하는 것입니다."

전해산이 굳이 송수익을 찾아온 목적을 밝혔다.

"옳은 말씀이십니다. 저도 궁리하던 문제입니다. 특히나 두 번째 생각이 좋습니다."

송수익은 전해산의 그 적극적인 방법이 아주 마음에 들었다.

전해산이 근거지인 영광군 불갑산으로 돌아간 다음 송수익은 그와 나눈 이야기를 구체화하는 준비에 착수했다.

그러던 어느 날 송수익은 뜻밖의 보고를 받았다.

"손판석이 부하들허고 생포 당했구만이라우."

"손판석 도십장이! 큰일 났군, 이거 큰일 났군……."

송수익은 안절부절못하며 빈손만 쥐었다 폈다 했다.

"잡혔어도 죽지는 않을 것잉마요. 요즘은 왜놈들이 신작로 공사장에서 써먹웅게요."

지삼출의 조심스런 말은 송수익을 위로하자는 것만이 아니었다. 손판석이 그렇게라도 살아 있기를 바라는 자신의 마음이기도 했다.

한편 손판석과 그 부대원들은 온몸에 피멍 드는 고문 조사를 거쳐 공사장으로 끌려갔다. 손판석이 처형을 모면한 것은 미리 약속한 대로 대원들이 모두 입을 맞추었기 때문이었다. 그들은 자신들 모두가 일반 대원으로 밤중에 잃어버린 본대를 찾아다니던 중이라고 대답했다. 그 똑같은 대답 속에 손판석이 도십장이라는 사실은 감추어졌다.

손판석은 채찍질을 당하지 않도록 몸을 재게 놀리면서도 탈주할 기회만 노렸다. 부대원들이 사방으로 흩어져 함께 일하는 대원은 네댓에 지나지 않았다. 손판석은 그들과 스칠 때마다 짤막한 말로 힘을 주었다.

"힘내드라고, 때가 올 것잉게."

그러나 탈주는 쉽지 않았다. 헌병이며 십장들의 감시가 워낙 철저했다.

달구지가 겨우 비껴 다니던 길을 네 곱절은 더 넓혔다. 그 넓은 길은 양쪽의 논보다 한 자 넘게 높이 다져 올려졌고, 그 위에 철근판을 짜 자갈을 뒤섞은 시멘트 반죽을 퍼부었다. 그 콘크리트 길은 김제·만경 평야의 한복판을 관통하면서 군산에서 김제로 뻗어 가고 있었다.

"저것이 돌덩어리 길인 셈인디, 뭣에 써먹을라는고?"

"올가을부터 그 길로 자동차라는 것이 쌀 신고 오락가락헌다든데."

"아, 임금님이 연전에 첨으로 탔다는 물건 말이시."

"그리되면 우리는 갈수록 배 탈탈 곯게 안 생겼다고?"

"말허면 입만 아프제."

사람들은 시멘트 콘크리트 길을 먼발치에서 바라보며 그저 불안할 뿐이었다.

의병 부대들의 이기고 진 싸움 소식이 끊임없이 들려오는 속에서 전주와 군산 간의 '전군도로'는 예정대로 완성되고 있었다.

해가 바뀌고 봄이 오면서 전라도 땅에는 이상한 노래가 퍼졌다.

　　생사를 미리 알아 묘술불패라네 천년장수 송수익
　　녹두장군 아들이라 백전백승 용맹이네 전해산 장수
　　신출귀몰 둔갑술에 당할 자가 없구나 심남일 장수
　　동에 번쩍 서에 번쩍 장하고 장하다 머슴장수 안계홍

누가 지었는지 알 수 없는 그 노래는 입에서 입으로 전해지며 퍼지고 있었다.

'일본이 비록 대한을 삼켰을지라도 너희가 말하는 우리 폭도를 제거하지 못하면 반드시 토해 내고 말 것이다.'

전해산이 일본 공사를 상대로 하여 붙인 방이었다.

'쌀을 왜인에게 파는 자은 의로써 모두 즉시 죽일 것이다.'

송수익이 고부와 그 일대에 붙인 방이었다.

'침략자의 손아귀에 우리 재산을 넘겨줄 수 없다. 세금을 의병 대에 납부함이 옳다.'

연이어 붙은 방이었다. 의병들은 그 방에 따라 군수물자의 확 보를 위해 조세 탈취를 정정당당하게 수행해 나갔다.

통감부는 4년에 걸쳐 전국의 의병 세력을 안심할 정도로 소멸 시켰다. 따라서 일본 각의는 조선의 합병 실행을 의결하고 천황 의 재가까지 얻었다. 그동안 통감부는 치안권, 행정권, 경제권은 물론 사법권까지 완전히 장악하고 합병에 필요한 모든 준비를 갖 추었다. 그러나 합병을 하기에는 아직 어려웠다. 기세가 꺾일 줄 모르는 호남 의병 때문이었다.

호남 의병은 육지뿐만 아니라 바다에서도 싸움을 벌였다. 군산 에서 목포를 지나 여수와 해남에 이르기까지 배를 탄 의병들이 서해안을 오가는 일본 배를 공격했다. 쌀을 싣고 가던 배며, 일본 상품을 싣고 가는 배의 화물을 털고 불태웠다.

9월 1일, 통감부는 헌병대를 앞세워 호남 의병을 쓸어 없앨 '남한 대토벌작전'을 시작했다. 그 계획에 따라 경상북도와 강원도 쪽 산악 지대에 투입했던 토벌대를 호남 지방으로 집중시켰다.

무차별 작전으로 산간 마을은 말할 것도 없고, 산 가까운 마을들까지 소용돌이에 휘말렸다. 의병들은 일본군의 그런 작전에 맞서 부대를 소규모로 분산시킬 수밖에 없었다.

대토벌이 한 달 동안 계속되면서 의병의 시체가 산골마다 즐비했다. 아무도 돌보지 않는 그 시체들을 산짐승이 뜯고 까마귀 떼가 헤집었다. 마을 어귀나 큰 길목에 설치된 통나무 걸침목에는 대여섯씩 되는 시체가 줄줄이 목매달려 늘어져 있었다. 토벌대가 마을 사람들 앞에서 시범적으로 목매달아 죽인 의병들이었고, 전시효과를 위해 철거 금지가 내려져 있었다.

대토벌이 시작된 지 한 달 만에 송수익 부대는 반 이상 피해를 입었다. 하지만 송수익은 그 위기를 돌파할 묘안을 찾지 못하고 있었다.

'의병은 이대로 종말을 맞는 것인가……'

자주 그의 머리를 스치는 생각이었다.

"대장님! 오래 기다리셨는게라우?"

반가움이 넘치는 지삼출의 인사였다.

"어서 오시오. 팔은 좀 어떻소?"

송수익도 반색하며 헝겊으로 동인 지삼출의 왼 팔을 바라보았다. 총에 맞은 부상이었다.

"열이 내려서 인제 살 만허구만요. 근디, 가슴 터지는 소식이 있구만이라우."

지삼출이 침울해지며 말했다.

"무슨 소식이오?"

불길한 생각이 송수익의 머리를 치고 지나갔다.

"저어…… 전 대장님이 세상을 뜨셨당마요."

"뭣이! 전해산 장수가!"

송수익이 무너지듯 주저앉고 말았다.

송수익은 오래도록 감은 눈을 뜨지 못했다. 의지와 용기와 덕성을 겸비한 전해산의 모습이 생생하게 떠오르며 가슴에 슬픔의 골을 파고 있었다. 나라를 위하는 그의 뜨거운 마음과 사람을 차별하지 않던 올바른 태도가 너무나 아까웠다.

토벌대는 계속 불을 지르고 사람을 죽이며 의병을 뒤쫓고 있었다. 소부대로 갈라진 의병들은 쫓기면서 싸우고, 굶으면서 쫓겼다.

지삼출 부대와 헤어진 송수익 부대는 포위망을 뚫고 있었다. 16명 중에서 반쯤이 등성이를 넘었을 때 어디선가 일본말 외침이 들리더니 총소리가 울려왔다. 포위당한 상태에서는 한걸음이라도 더 빨리 포위망을 벗어나야 했다.

"둘씩 짝지어 등성이를 넘는다. 집합 장소는 신령바위!"

송수익은 다급하게 명령했다.

몸을 바짝 낮춘 송수익은 한달음에 등성이에 올라 뒤를 돌아 보았다. 그대로 내려갈까 하다가 적의 위치를 확인하려고 몸을 일으켰다. 오른쪽 나무숲 사이사이로 적들이 보였다. 그는 몸을 돌렸다. 그때, 오른쪽 다리에 화끈 불이 붙는 것 같더니 몸이 휘뚝 기울어졌다. 순간, 몸을 바로잡으려 했지만 생각일 뿐, 그대로 곤두박이면서 아래로 구르기 시작했다.

"대장님, 대장님, 대장님!"

옆에 있던 부하가 숨이 넘어가며 송수익을 붙들려고 뒤쫓았다.

송수익은 나무 밑둥에 부딪히며 구르기를 멈추었다. 뒤쫓아 내려온 부하가 미끄러지며 송수익을 붙들었다. 허벅지에 피가 시뻘겋게 내배고 있었다.

'여기서 끝인가!'

송수익은 순간적으로 생각했다.

"다행히 다리구만이라. 얼른 업히시게라, 대장님!"

부하가 넓은 등짝을 디밀었다.

송수익은 통증을 억누르며 서너 걸음 옮겨 보았다. 가까스로 걸을 수는 있었다.

"됐소, 다리를 묶으시오."

송수익은 머리에 동이고 있던 수건을 풀어 주었다.

"얼른 업히시랑게요."

다리를 묶고 난 대원이 다시 등을 돌렸다. 총소리는 한결 가까워지고 있었다.

"아니오, 걷는 것이 더 빠를 거요. 좀 붙들어 주기만 하시오."

송수익은 부축을 받으며 걷기 시작했다. 그동안의 경험으로 보아 더는 포위망이 없을 것이라는 점에 희망을 걸었다.

그때 무슨 구원처럼 그의 머리에 문득 떠오르는 것이 있었다.

'생사를 미리 알아 묘술불패라네 천년장수 송수익……'

송수익은 그 별호가 무슨 신통력 있는 부적처럼 여겨졌다. 그 자랑스러운 별호를 붙들며 송수익은 새롭게 고통을 사리물었다.

신령바위에 다다랐을 때 송수익은 거의 실신 상태에 빠져 있었다. 놀란 대원들은 들것을 만들어 송수익을 눕혔다.

송수익이 정신을 차려 보니 옆에 공허가 혼자 앉아 있었다.

"아이고 대장님, 인제 정신이 드셨구만이라."

공허가 송수익의 손을 덥석 잡았다.

"스님이 어쩐 일이시오? 여긴 또 어디요?"

송수익이 목 잠긴 소리로 물었다.

"대원들이 소승을 찾아 나서서 만나게 됐구만요. 여기는 소승이 잘 아는 암자니께 안심허셔도 됭마요."

송수익은 공허의 말을 듣고서야 자신이 꼬박 이틀 동안 혼수상태에 빠져 있었다는 것을 알았다. 그사이에 의원이 치료를 하고 다녀갔다는 것도 알았다.

송수익은 동굴 속에 누워 아기중이 달여 오는 약을 마시며 무료한 나날을 보냈다.

며칠이 지나 지삼출이 다시 나타났다.

"대장님…… 대장님……."

지삼출은 송수익의 손을 감싸 잡고 다른 말을 더 하지 못한 채 눈물만 뚝뚝 떨구었다.

"바깥세상은 어떻소?"

"……추풍낙엽이구만이라우."

지삼출의 힘겨운 대답이었다.

송수익은 더 물을 말이 없었다. 의병이 뿌리째 뽑히고 있음을 느끼고 있었다.

송수익은 상처가 차츰 회복되면서 심남일 장수와 안계홍 장수가 죽었다는 소식을 들었다.

10월이 끝나면서 '남한 대토벌'도 끝을 맺었다. 그 두 달 동안 죽어 간 의병장은 103명, 의병은 4,200여 명이었다. 이제 호남 의병은 몸이 잘리고 뿌리까지 뽑힌 채 실뿌리만 남게 되었다.

의병의 기세가 드높던 3년 동안 일본군이 학살한 의병은 1만

6,700여 명이었고, 부상자는 3만 6,800여 명이었다. 불에 탄 집은 6천 채가 넘었다. 그러나 민간인이 얼마나 죽었는지는 그 누구도 알지 못한 채 1909년이 저물고 있었다.

18

침묵하는 땅

10월 하늘은 시리도록 맑고 사무치게 깊고 서럽도록 푸르렀다. 가을걷이를 하는 농부들은 그 높푸른 하늘을 가끔 우러러보다가 고개를 떨구며 시름겨운 한숨을 길게 흘리고는 했다.

"하늘도 무심허시제……."

그들은 두 달 동안 벌어진 수많은 죽음에 마음 병이 들어 있었고, 의병의 기세가 불 꺼지듯 잦아든 것을 한스러워하고 있었다.

그러나 10월은 그렇게 무심하게 끝나지 않았다. 저 먼 북쪽 만주 땅에서 천둥 치듯 들려온 소식이 있었다. 이등박문의 죽음이었다. 초대 통감 이등박문을 모르는 조선 사람은 없었다. 우는 아이도 그 이름을 들으면 울음을 그칠 정도였다. 그 사람이 그냥 죽

은 것이 아니었다. 조선 사람이 총으로 쏘아 죽인 것이었다.

"안중근…… 참말로 장허고 장허시."

"그 양반도 의병이었을랑가?"

"아, 의병이 따로 있능가. 바로 그 양반이 똑별난 의병 대장 아니라고?"

"잉, 그 천하를 울리던 이등박문이를 즉사시켰으니 의병 대장

중에 의병 대장이시."

사람들이 모인 곳이면 어디서나 그 이야기였다.

먹물옷이 남루한 중 하나가 주막에서 그런 소문을 들으며 묵묵히 앉아 있었다.

그 중이 어느 마을로 들어섰다. 삿갓을 약간 들어 마을을 살피는 것 같더니 스적스적 걸어 어떤 집 앞으로 다가갔다.

중은 바랑에서 목탁을 꺼내 두드리며 반야심경을 독경했다.

"마하반야 바라밀다……."

"아이고메, 어느 절 스님이신지 목탁도 시원시원허게 치시고 독경도 시원시원허게 잘허시요. 이 집안에 근심이 깨끗이 씻기는 것 같구만이라우."

놋양푼에 쌀을 그득하게 받쳐 든 여자가 대문 밖으로 나서며 너스레를 떨었다.

"나무관세음보살……. 소승이 이 댁 앞에 발길을 멈춘 것은 시주를 얻자는 것이 아니라 이 댁 지붕 위로 자욱허니 서린 액운 때문이구만이라."

"아이고 스님, 아니 도사님, 어찌 그리 딱 알아맞추시는게라."

여자는 화들짝 놀라며 "쬐깨 기둘리시게라우." 하며 허둥지둥 집 안으로 내달았다.

"스님, 주인마님이 안으로 모시라고 허능구만요. 얼른 드시제라."

놋양푼을 두고 나온 여자가 곧 중의 옷자락을 잡아끌 것처럼 서둘렀다.

중은 묵직한 몸놀림으로 대문을 넘어섰다.

"마님, 스님 모셔 왔구만이라우."

여자는 사랑채 앞에 나서 있는 두 여자에게 머리를 조아렸다.

"스님 말씀 전해 들었구만요. 누추허지만 좀 오르시지요."

나이 든 여자가 옆으로 비켜섰다. 그 여자는 송수익의 어머니 이 씨였고, 그 옆에 선 여자는 송수익의 아내 안 씨였다.

중은 방으로 들어가기 전에 삿갓을 벗었다. 드러난 얼굴은 공허였다.

"소승이 아까 액운 운운한 것은 다 헛소리옵고, 실은 소승이 아드님과 함께 의병 생활을 허고 있는 처지라 아드님 소식을 전허고자 발걸음헌 것이구만이라."

"아니! 무신 변고가 있능가요?"

당황한 이 씨가 황급히 물었다. 옆에 앉은 송수익의 아내는 옷고름을 입에 물었다.

"아니옵니다. 다리에 총상을 입긴 혔으나 다행히 상처가 가볍고, 원체 천운을 타고나신 분이라 곧 회복되실 것잉마요."

공허의 정중한 대답이었다.

"다 부처님 가피가 크신 덕이구만요."

이 씨는 차분하게 예의를 갖추고는, "그동안 들은 소문으로는 의병세가 거진 다 소진되었다든디, 앞으로 어쩔 것인지요?" 하고 물었다.

"예, 의병세가 크게 꺾인 것은 사실이지만 앞으로 어쩔 것인지는 소승도 모르겠구만이라. 시방 왜놈들을 속일 작정으로 송 장군께서 별세허셨다는 소문을 퍼뜨리고 있는디, 혹시 그 소문을 듣고 낙심허실지 몰라 소승이 찾아뵌 것이구만요. 또 송 장군께서도 오래 집안 소식을 몰라 걱정허고 계싱마요. 그간 무슨 변고는 없으신지……?"

공허는 자신이 맡은 임무가 무엇인지를 분명하게 밝혔다.

"안 들음만 못헐 얘기요만, 9월에 퍼진 괴질로 끝손녀를 잃었구만요. 이 늙은것이 가야 허는디 순서가 뒤바뀌었으니……."

이 씨의 목소리가 잠겨 들었다. 그 곁에서 안 씨는 옷고름 끝으로 눈을 훔치고 있었다.

"나무관세음보살…… 호열자까지 퍼져 사람들을 잡아가고 있으니, 이 나라 국운이 쇠헐 대로 쇠헌 모양이구만요. 소승 이만 물러가겠사온데 무슨 전허실 말씀이 있으시면……."

공허는 일어설 채비를 하며 이 씨와 안 씨를 번갈아 보았다.

"부디 몸 보존 잘허라고 전해 주시고……."

이 씨는 무슨 일 있으면 연락 달라는 말을 삼켜 버렸다.

안 씨는 당장 중을 따라 남편을 찾아가고 싶은 충동을 억누르고 있었다.

공허는 다시 삿갓을 눌러쓴 채 마을을 떠나고 있었다. 서너 집 사립에는 솔가지를 끼운 새끼줄이 쳐져 있었다. 돌림병인 호열자를 앓고 있는 집들이었다. 그 몹쓸 병은 아직도 물러가지 않고 있었다.

백종두는 쓰지무라의 연락을 받고 집을 나섰다. 인력거를 잡아

탄 그는 맘 놓고 몸을 뒤로 뉘었다. 안중근이란 물건이 그 엄청난 일을 저지른 지도 한 달이 넘었다. 그런데도 의병이 다시 일어날 기미는 없었다. 의병이 뿌리 뽑혔다는 것은 백종두에게 더없는 기쁨이었다.

"백 회장, 곧 경성으로 올라가시오. 마침내 백 회장이 임무를 수행할 기회가 왔소."

쓰지무라가 빠르게 말했다.

"무슨 임무인지요……?"

"여기서 말할 건 없고, 일단 본부로 찾아가시오."

경성에서 열린 것은 일진회 비상임시총회였다. 그 회의에서 한 일합방건의 성명을 채택했다. 백종두는 사람들 틈에 끼어 앉아 그저 박수를 치면서 단상 높이 올라앉은 회장 이용구를 부러워했다.

며칠이 지나 일진회장 이용구는 합방청원서를 황제와 통감, 그리고 이완용에게 제출했다. 곧바로 파문이 일었다. 대한협회 같은 단체가 단성사에서 회합을 열어 한일합방론을 통박했고, 기독교계에서도 합방을 반대하는 '성토 일진회문'을 발표했다. 그에 맞서 보부상 단체는 합방을 찬성하는 성명을 발표하고 나섰다.

그런 가운데 이용구를 죽여 없애려는 계획이 탄로 나 동경 유학생 두 명이 체포되는가 하면, 을사오적의 거두 이완용을 죽이려고 칼질을 한 이재명이 상처만 입히고 실패하는 사건이 잇따랐다.

신문은 사건을 보도하는 데 그치지 않았다. 《대한매일신보》는
「한일합방론자에게 고함」이란 논설을 써 압수당하기도 했다. 또
한 평북 영변에서는 합방 반대 국민대회가 열리고, 대한협회 같
은 단체에서는 국민대회 연설회를 개최하며 합방 반대 여론을 불
러일으켰다.

일진회를 해산해야 한다는 여론이 들끓었고 중추원 의장 김윤
식을 비롯해서 송병준, 이용구 같은 자들을 처단해야 한다는 소
리도 드높았다.

"백 상은 별일 없소?"

쓰지무라는 백종두를 만날 때마다 똑같은 말을 물었다.

"예, 염려 마십시오. 별일 없습니다."

백종두는 그렇게 큰소리쳤지만 속으로는 불안하기 그지없었다.
언제 누구한테 당할지 모를 일이었다. 이용구 회장을 죽이려 하
고, 이완용 대감이 칼질을 당하는 판국이었다.

한편, 어느 정도 몸을 회복한 송수익은 공허의 알선으로 피신
처를 세 번째로 옮겼다. 장소를 옮길 때마다 겨울은 깊어 가고 있
었다.

지삼출과 공허를 통해 듣는 소식은 갈수록 어두워지기만 했다.

토벌대는 계속 의병을 뒤쫓았고 의병의 힘은 점점 약해지고 있

었다. 통감부에서는 이미 예상하고 있던 대로 합병으로 치닫고 있었다.

'앞으로 어찌할 것인가? 일본이 몰아붙이고 있는 합병은 이제 끌 수 없는 미친 불길이었고 막을 수 없는 성난 파도였다. 얼마 남지 않은 의병으로 끝까지 싸우다가 타 죽어야 하는가, 아니면 다른 방법을 찾아야 하는가, 다른 방법이라면 무엇이 있는가……?'

송수익은 마음을 앓으며 공허를 통해 집안 소식을 들었다.

"이 땡초가 백일기도 올릴 정성은 없고, 오는 길에 지극정성으로 여식의 극락왕생을 빌었구만요."

딸아이의 죽음을 알리며 공허가 한 말이었다.

어둠 속에 울리는 솔바람 소리가 차가웠다. 송수익은 솔바람 소리에서 어린것의 숨이 넘어가는 울음소리와 신음 소리를 듣고 있었다. 그 아이의 곁에 아내와 어머니의 모습도 떠올랐다. 어머니께 죄송했고 아내에게 미안했다. 손녀의 죽음을 지켜보며 어머니는 얼마나 황망했을 것이며, 딸애의 죽음을 감싸 안고 아내는 얼마나 참담했을 것인가.

그런 생각에 빠져 있던 송수익은 문득 인기척을 느꼈다. 송수익은 대원 중에 누구일지도 모른다고 생각하면서도 몸을 감추었다. 혹시 적일 수도 있었다.

잠시 후, 똑똑똑 돌 치는 소리가 선명하게 들렸다. 송수익은 안

도하며 먼저 입을 열었다.

"거기 누구요!"

"야아, 지삼출이구만이라우."

어둠 속에서 들리는 다급한 소리였다.

"어쩐 일이오, 이 밤중에?"

송수익은 심상치 않은 낌새를 눈치채며 지삼출의 뒤에 선 대원들을 바라보았다.

"얼른 여기를 뜨셔야겠구만요. 왜놈들이 이쪽으로 오고 있응게요."

지삼출의 느닷없는 말이었다.

송수익은 대원 넷의 호위를 받으며 어두운 산속을 걸었다. 다리에 힘을 쓸 때마다 상처가 당기고 쑤셨다. 송수익은 지팡이에 의지해 가며 아픈 것을 표 내지 않으려 애썼다.

산을 몇 굽이 넘어 지삼출이 발을 멈춘 곳은 어느 골짜기의 화전민 손 씨의 집이었다.

"여기까지는 왜놈들도 못 올 것이구만이라우."

지삼출의 말이었다.

"한 가지 부탁이 있는데, 공허 스님을 만나게 해 주시오. 함께 모여 의논할 것이 있소."

송수익의 말은 무거웠다.

"야아, 알겄구만이라우."

지삼출이 송수익의 얼굴을 눈여겨보며 몸을 일으켰다.

이틀이 지나 공허는 지삼출과 함께 나타났다.

"대장님, 다른 절로 가시제라. 여기는 절보다 위태헝게요."

공허가 갑작스럽게 말했다.

"아니, 절에서 피해 오셨는디 여기보다 안 위태헌 절이 어디 또 있다요?"

지삼출이 거부감을 나타냈다.

"대장님이 인제 거동을 허시니까 절에서는 숨을 것도 없소. 왜 놈들이 들이닥쳐도 선비가 글공부하러 와 있다고 허면 그만이 오. 허나 여기서 왜놈들한테 둘러싸이면 피할 길이 없소. 그리고 왜놈들도 절에서는 함부로 허지 못 헌단 말이오."

지삼출은 재빨리 송수익을 살폈다. 송수익은 별다른 표정이 없었지만 공허의 말을 수긍하는 듯했다.

"대장님 뜻대로 허시는 것이 좋겄구만이라."

지삼출은 옆으로 비켜섰다.

"아무래도 화전 살림보다야 절 살림이 낫기는 하겠지요."

송수익의 나직한 말이었다.

화전민 손 씨 가족은 송수익과의 이별을 못내 아쉬워했다. 밥 상 시중을 들던 큰딸 필녀는 눈물까지 글썽거렸다. 산 생활을 하는 처녀답게 사냥을 잘한다는 그녀는 곧 산토끼를 잡아 맛있게 반찬을 해 준다는 약속까지 했던 것이다.

"내가 산토끼 고기를 얻어먹으러 다시 오겠소."

송수익은 필녀의 눈물에 대한 응답으로 한마디 남겼다. 필녀는 고개를 끄덕거렸다.

산굽이를 두 번 돌아 다리쉼을 했다. 송수익은 가슴에 묻어 둔 말을 조심스레 꺼냈다.

"두 분도 알고 있겠소만 우리 입장이 여러모로 곤궁하게 되었습니다. 이런 형편에 계속 싸울 것이냐 아니면 다른 방도를 찾을 것이냐를 생각하지 않을 수가 없습니다. 두 분 생각이 있을 테니 중지를 모아 보도록 합시다."

송수익은 두 사람을 번갈아 바라보며 말하기를 권했다.

"이대로 싸우다가는 다 죽는 것이야 뻔한 일이구만요. 그렇다고 합방이 목전에 닥쳤는데, 의병을 해산헐 수도 없지라. 다른 방도를 찾아야 허는디, 막막헐 뿐이구만이라."

공허는 의병을 해산할 수 없다는 대목에 힘을 주었다.

"의병을 해산허는 것은 당치 않구만이라우. 다른 방도가 없다면 이대로 싸워야겠지요. 지금 해산혀도 아무도 고이 집 찾아 들어갈 수는 없응게라."

공허보다 더 강한 지삼출의 말이었다.

송수익은 그들의 의지에 새삼 가슴이 뭉클하게 울렸다.

"내 생각도 대원들을 값없이 죽게 해서는 안 된다는 것이지 의병대를 해산할 마음은 없소. 허나 이대로 싸운다면 귀한 목숨들이 자꾸 죽게 되니까 괴로움을 견디기 어려워 말을 꺼내지 않을수가 없소."

송수익은 괴로운 심정을 솔직하게 토로했다.

"참, 전라도 의병세가 크게 꺾인 대신 경기도, 강원도, 경상북도, 황해도에서 의병 싸움이 활발허다는 소문이구만이라. 우리가 그쪽으로 힘을 합쳐 싸우는 것은 어쩔랑가요?"

공허의 의견이었다.

"……그 생각도 나쁘지는 않은디, 땅도 설고 사람도 선 타관에서 싸움이 제대로 되겠는게라? 의병 싸움이라는 것이 서로 정 통허는 사람들이 알게 모르게 뒤를 받쳐 줘야 허는디요. 그냥 여기서 싸워 가면서 의병을 더 모으는 것이 어쩔랑가 싶은디요."

지삼출이 내놓은 반대 의견이었다.

송수익은 두 사람의 의견을 잠시 생각해 보았다.

"두 분 생각은 다 일리가 있습니다. 허나 의병이란 것은 백성들이 나라를 구하자는 뜻으로 자진해서 일어난 군댑니다. 그러다보니 자기들 지방을 떠나서 활동하기 어려운 것이 사실입니다. 내생각에는 지 대장의 의견대로 하는 것이 더 낫지 않을까 합니다."

송수익의 말은 조심스러웠다.

"얘, 그러면 그리 결정혀야제라."

공허의 흔쾌한 동의였다.

"예, 그러면 앞으로 그렇게 하기로 하고, 형편에 따라 또 의논을 하기로 합시다."

송수익은 천천히 몸을 일으켰다.

"공허 스님, 태인에 사는 임병서라는 분을 좀 찾아 줬으면 좋겠소. 그분이 나와 함께 의병을 시작했다가 사로잡혀 3년 징역형을 받았지요. 세월을 꼽아 보니 옥에서 풀려났을 성싶은데, 그분이 다시 어찌하자 해도 선이 끊겨 운신을 못할 처지에 놓여 있을 테니 말이오."

송수익은 걸으면서 말했다.

"예, 곧 수소문허겄구만요."

공허가 안내한 절은 흔히 말사라고 부르는 자그마한 절이었다.

"여기서 맘 놓고 붓이나 휘두름서 선비 행세를 허시면 무사하실거구만요."

공허가 송수익을 보며 씽긋 웃었다.

공허와 지삼출 일행은 날쌘 바람이듯 절에서 자취를 감추었다. 송수익은 그들이 사라진 쪽을 하염없이 바라보았다. 눈앞에 그동안 죽어 간 많은 대원들의 얼굴 얼굴이 떠올랐다. 먹먹해진 그의 가슴은 눈물로 젖고 있었다.

'그들은 누구였는가. 그들은 사람대접이라고는 받아 보지 못하고 살아온 하층민들이었다. 대대로 빼앗기고 무시당하며 살아온 사람들이었다. 그런데도 나라가 위기에 처하자 목숨을 내걸고 나선 것이다. 적과 싸우다 죽어간 그들의 피는 산하를 적셨건만 나라는 구해지지 않고 합방의 위기는 목전에 닥쳐와 있었다. 이제 어찌해야 하는가……'

송수익은 그들의 죽음이 안타까웠고, 자신이 살아 있다는 게 부끄러웠다.

"어서 방으로 드시잖고 어찌 여적 이러고 계신가요?"

송수익은 고개를 돌렸다. 아까 인사를 나눈 주지승이 가까이 와 있었다.

"예…… 절 구경을 하느라고 좀……"

송수익은 고개를 약간 숙여 보이며 말을 얼버무렸다.

"운봉아, 귀인을 어서 안으로 모시거라."

주지승은 붉은색 바리때를 들고 뒤에 서 있는 아기중에게 일렀다.

"예…… 어여 안으로 드시지라우."

쪼르륵 앞으로 나선 아기중이 송수익 앞에 머리를 조아렸다.

아기중이 받쳐 든 바리때에는 색색의 유과가 소담스럽게 담겨 있었다.

아기중이 바삐 마루로 올라가 방문을 열었다.

"어서 오르시지요."

예를 갖추는 주지승에게 답례를 하려고 송수익은 고개를 돌렸다. 그런데 송수익의 눈길은 주지승의 뒤쪽 대웅전께에 멎었다. 대웅전으로 소복한 여자가 걸어가고 있었다.

'이 산 깊은 절에……!'

송수익은 떠오르는 의문을 떼치듯 얼른 고개를 돌리면서 마루로 올라섰다.

"저녁 예불이 끝나자면 시장허실 것인디 이걸 좀 드시지요."

아기중이 놓고 나간 바리때를 주지승이 집어다가 송수익 앞에 놓았다.

"예, 본시 절 유과는 맛이 유별나지요. 어머님이 절에 다녀오실 때면 가끔 맛보고는 했습니다."

송수익은 예를 갖추어 말했다.

"예, 자당께서 불자시로구만요. 인연이 깊습니다. 그나저나 왜놈들허고 합방이 된다는디, 그리되면 세상이 생지옥 아닐랑가요?"

주지승이 근심 깊은 얼굴로 송수익을 이윽히 바라보았다.

"예, 우리를 종으로 삼겠다고 대드는 것이니 생지옥이 아니기는 어렵겠지요."

"탈도 큰 탈이구만요. 의병으로 그리 많은 목숨이 죽어도 조정이 다 썩었으니 아무 소용이 없는 일 아닌가요. 소승도 젊었으면 공허겉이 나섰을 것인디…… 몸 보존 잘허셔야 헙니다. 장군님 겉으신 분이야 앞으로 세상에 더 중헌게요."

주지승은 한숨을 길게 쉬며 더디게 몸을 일으켰다.

송수익은 욱신거리는 다리를 따끈따끈한 방바닥에 대고 누워 솔바람 소리를 듣다가 잠이 들었다.

사방에서 총소리가 울렸다. 이리 뛰고 저리 뛰어도 포위망을 뚫을 데라고는 없었다. 옆에 있던 대원들은 간 곳이 없었다. 허둥지둥 대원들을 찾았다. 그때 가슴이 찢어지게 아팠다. 가슴에서 피가 터져 나오고 있었다. 가슴에 총을 맞은 것이었다.

송수익은 소스라치며 잠에서 깨어났다. 밖에서 목탁 소리가 울리고 있었다. 그 목탁 소리가 잠결에 총소리로 바뀌어 들린 것이었다.

송수익은 식은땀 밴 이마를 훔쳤다. 부상을 입은 뒤로 비슷한 꿈을 자주 꾸었다.

새벽 예불을 올리는 목탁 소리였다. 그는 소변을 보러 밖으로 나갔다. 희끄무레한 새벽어둠을 밟고 변소를 다녀오던 송수익은 문득 걸음을 멈추었다. 소복한 그 여자가 탑을 따라 돌고 있었다. 탑돌이를 하는 것이었다.

"어르신, 어찌 여기 계신가요?"

송수익은 놀라 고개를 돌렸다. 아기중이 제 몸피만 한 나뭇단

을 등에 업고 배식 웃었다.

"아, 목탁 소리를 듣고 있었소."

송수익은 상대가 열 살 남짓한 아이인데도 저절로 존대가 나왔
다. 법복을 입은 사람 앞에서는 무조건 예를 갖춰야 한다는 오랜
관습 탓이었다.

"소승은 어르신이 탑돌이를 구경허시는지 알았구만이라우."

아기중은 씩 웃고는 걸음을 떼어 놓기 시작했다.

송수익은 얼굴이 화끈 달아올랐다.

아침을 먹으며 몇 번 눈이 마주칠 때마다 아기중은 장난스럽게 쌕쌕 웃었다. 송수익은 그저 정이 그리워 그러는 것이겠거니 생각하며 웃음을 받아 주었다.

송수익이 방으로 돌아와 무거운 다리를 주무르고 있는데 아기중이 찾아왔다. 주지승이 보낸 벼루와 한지를 가져온 것이었다.

"어르신은 시를 잘 지으시는게라?"

무릎을 꿇고 앉은 아기중이 초롱초롱한 눈으로 물었다.

"운봉 스님은 어떠시오?"

송수익은 점잖은 소리로 되물었다,

"저는 아직 스님이 아닌디요. 운봉이야 속명을 써서는 안 된께 받은 것이고라."

아기중은 부끄러운 듯 딴말을 했다.

송수익은 바리때를 아기중 앞으로 옮겨 놓으며 유과를 권했다. 그러자 아기중이 새 이야기를 꺼냈다.

"이 유과는 새벽에 탑돌이허시든 신도가 시주헌 것이구만이라우. 그 신도는 남편이 3년 전에 죽어 재를 지내는디, 재를 올릴 때마다 울고 또 우는 것이 영 안됐구만요. 젊은 나이에 자식도 없으니 큰일이라면서 주지 스님은 걱정허시고라. 의병 쌈에 나서서 죽은 그 남편이란 사람이 영판 요상허단게요. 의병에 안 나섰으면 그리 불쌍허니 안 됐을 것인디……."

송수익은 그저 묵묵히 듣고만 있었다.

"운봉, 나 좀 생각할 게 있으니 이따가 또 만나도록 합시다."

송수익의 말에 아기중은 고개를 끄덕이며 자리에서 일어났다.

송수익은 눈을 감고 오래도록 앉아 생각하고 생각한 끝에 벼

루를 끌어당겼다.

다친 몸 은신하려 산사에 드니
나보다 깊은 상처 지니신 분 있거니
소복의 한이 구천에 맺혀 서러워라
위로의 말 따로 없어 가신 이 명복을 비네

송수익은 아기중을 찾아 꼭꼭 접은 종이를 들려 보냈다.
"저…… 어르신 글 보고 그 새댁이 울든디요."
아기중은 초롱초롱한 눈으로 송수익을 바라보았다.

송수익이 말없이 곰방대에 담배를 재자 아기중은 살살 눈치를
살피다가 잽싸게 바리때를 들고 방을 나갔다. 송수익은 아기중의
뒷모습을 보며 싱긋이 웃었다.

점심을 먹고 나서 송수익은 갑갑증을 풀려고 절 뒤의 산줄기
를 걸어 올랐다. 나무에 아직 싹은 돋지 않았는데 봄기운이 산에
가득했다. 송수익은 가슴을 펴며 숨을 한껏 들이마셨다. 봄기운
을 따라 자신의 다리에도 새살이 돋아 상처가 완치될 것 같은 기
분이었다.

해가 기울어 송수익은 절로 돌아왔다. 사리탑을 지나 꺾인 길
을 따라 돌던 그는 멈칫 걸음을 멈추었다. 소복한 여인이 개울가

에서 그릇을 씻고 있었다.

송수익은 낮은 기침으로 인기척을 냈다. 그러자 여자가 놀라 고개를 들었다.

두 사람의 눈길이 마주쳤다. 송수익이 목례를 보내자 여자는 옆으로 길을 비켜섰다.

"어제 글을 드린 송수익이라고 합니다."

송수익이 여자 쪽으로 걸어가며 낮고 굵은 소리로 말했다.

"……"

여자가 약간 고개를 숙였다.

"인사도 없이 글을 드린 무례를 용서하십시오. 같은 일을 하는 처지라 고인의 명복을 빌고자 드린 것입니다."

송수익은 정중하게 말했다.

"네에……"

고개를 좀 더 숙인 여자의 입에서 가늘게 흘러나온 대답이었다.

송수익은 한쪽 다리를 약간 절름거리며 멀어져 갔다. 여자는 고개를 숙인 그대로 치마를 조심스럽게 감싸며 개울가에 다시 앉았다.

송수익은 그날 밤 꿈에 그 여자를 보았다. 개울가에서 만난 장면 그대로였다. 그런데 서로 오래오래 마주 보다가 꿈이 깼다.

그 여자는 이틀 뒤에 절을 떠났다.

19

해가 진 나라

도로 공사에 투입된 의병은 공사가 끝난 뒤에도 풀려나지 못했다. 그들은 헌병대의 감시 속에서 주로 도로 보수공사에 동원되었다. 그들이 한 일 가운데 가장 괴로운 것이 나무 심기였다. 길 양쪽에 나무를 심는 일인데, 거기에 심는 나무가 문제였다. 일본 말로 '사쿠라'라고 하는 그 나무의 꽃이 일본의 나라꽃이었다.

의병 출신인 그들은 참담한 심정으로 '사쿠라'를 심지 않을 수 없었다.

"참말로 우리 신세가 더럽소."

대원들이 헌병들의 눈귀를 피해 토하는 탄식이었다.

"참세, 이보다 더 더럽고 속 터져도 참고 이겨 내야 허는겨."

손판석이 뇌는 말이었다.

신작로가 뚫리면서 전주와 군산의 내왕은 전보다 훨씬 더 빈번해졌다. 신작로를 가장 많이 오가는 것이 소와 말이 끄는 달구지였다. 그 달구지들은 볏섬을 가득가득 싣고 군산으로 줄을 이었다. 그 볏섬은 모두 군산에서 정미되어 일본으로 실려 가는 것이었다.

"쌀을 저리 실어 가니 배곯는 건 누구여?"

"우리가 새로 힘을 찾어야 헐 것인디, 참말로 난리시."

손판석과 의병들은 깊은 한숨을 내쉬고는 했다. 그러나 그들은 새로운 올가미에 얽혀 들었다. 5월 들어 호남선이 착공되면서 그들은 곧바로 그 철도 공사장으로 투입되었다.

몇 년 전, 부산에서 신의주까지 경부선과 경의선을 개통한 일본 사람들은 이번에도 호남선과 함께 경원선을 착공했다. 그러니까 대전에서 목포까지 이어지는 호남선은 평야 지대를 지나면서 농산물을 손아귀에 넣자는 것이고, 한성에서 원산까지 이어지는 경원선은 산악 지대를 지나면서 산림과 지하자원을 장악하자는 것이었다.

매서운 채찍 아래서 의병 출신들은 한갓 마소와 다를 것이 없었다. 8월의 뙤약볕 속에서 허덕거리고 있는 그들에게 충격적인 소식이 들려왔다. 한일합방조약이었다.

"인제 끝장나 부렀소."

대원들이 허탈에 빠졌다.

"무슨 싱거운 소리여? 정신들 차리드라고. 올 것이 온 것잉게!"

손판석이 대원들을 하나하나 꼬나보듯 하며 못을 친 말이었다.

뒤이어 매천 황현이 자결했다는 소문이 퍼졌다. 그리고 지난날 벼슬살이를 했던 양반들이 자결했다는 소문이 이어졌다.

"왜들 그 난리여, 난리가! 의병 싸움은 피헌 사람들이 인제 와서 혼자 죽는다고 왜놈들이 눈썹 하나 까딱 허간디? 기왕 죽을 거면 의병으로 나서서 왜놈을 하나라도 죽이고 죽어야제."

대원들과 둘러앉은 손판석이 어두워지는 하늘을 응시한 채 말했다.

1910년 8월 29일, 한일합방조약이 공포되었다. 대한제국을 조선으로 바꾸고, 조선총독부가 설치되었다. 그리고 총독부는 일진회를 비롯해서 대한협회 같은 열 개의 정치단체에 해산령을 내렸다.

"백 상, 총독부의 해산령에 따라 일진회 군산지부도 해산하게 됐소. 그동안 수고 많았소."

백종두를 불러들인 쓰지무라가 내던진 말이었다.

"그, 그게 무슨 말씀인가요!"

백종두는 말을 더듬거리지 않을 수 없었다.

"아니, 백 상같이 눈치 빠른 사람이 그 쉬운 말을 못 알아듣소?"

쓰지무라는 여전히 찬바람 도는 얼굴로 말했다.

"제 말은 그게 아니고…… 일진회가 그렇게 빨리 해산되면……."

백종두에게는 일진회 해산이 문제가 아니었다. 일진회장으로서의 노고를 전혀 인정하지 않는 듯한 쓰지무라의 태도가 문제였다. 저놈이 이대로 입 씻고 마는 것이 아닌가 싶어 마음이 다급했다.

"일진회를 서둘러 해산시키는 이유가 있소. 보나 마나 대한협회 같은 반일 단체들이 합방 반대니 뭐니 들고일어날 테니, 그런 말썽 많은 단체들을 없애자면 일진회부터 없애야 한단 말이오. 친일 단체부터 없앴는데 그놈들이 할 말이 있겠소? 어떻소, 총독부의 조처가?"

"예, 그래야 반일 단체들이 꼼짝을 못하지요, 암 그리해야지요."

백종두는 그저 건성으로 입을 발라맞추고 있었다.

"총독부의 조처에 따라 우리 이사청도 폐지하게 됐소."

쓰지무라가 불쑥 던진 말이었다.

"예? 그, 그럼 쓰지무라 서기님은 어찌 되시는 겁니까?"

'이사청이 폐지되고 쓰지무라가 없어지면 나는 욕먹고 손가락질당해 가면서 헛고생만 한 거 아닌가!'

군수 자리를 탐해 온 백종두의 머리는 그 생각으로 가득 찼다.

"저어…… 긴히 드릴 말씀이 있는데 오늘 저녁에 좀……."

백종두는 두 손을 모아 잡았다.

"바쁘니까 이삼 일 뒤에나 만납시다."

쓰지무라가 얼굴을 찌푸렸다.

"저어…… 떠나시기 전에 뵙고……."

"내가 떠나긴 어디로 떠난단 말이오? 이사청은 내일부로 부청이 되는 거요, 군산부청!"

쓰지무라가 짜증스럽게 내쏘며 서류철을 탁 덮었다.

그때서야 비로소 백종두는 환하게 웃었다.

"예에, 군산부청! 알았습니다. 그럼 소인은 이만 물러가겠습니다."

환하게 피어나는 웃음처럼 그의 마음에 끼었던 구름도 활짝 걷혔다.

'합방으로 새 세상이 됐으니 사람을 바꿀 감투는 얼마든지 있다. 이번 기회에 무슨 수를 써서라도 군수를 차지해야 한다. 아, 군수…… 군수…….'

백종두는 가슴이 벌떡거리고 숨이 거칠어졌다.

일진회 사무실로 돌아온 백종두는 장칠문이를 불러들였다.

"통감부에서 온 명령인디, 우리 일진회를 해산허라네. 그리 알고 회원들헌티 전허게."

"그러면 처음 일진회 들 적에 나중에 헌병을 시켜 준다는 약조는 어찌 되는지……?"

장칠문은 기가 죽어 말했다.

"그야 약조대로 되겄제. 다른 사람은 몰라도 자네야 내가 알아서 헐 것잉게 맘 놓게."

백종두는 얼렁뚱땅 귀에 단 말을 꾸며 댔다.

합방을 계기로 언론에도 된서리가 내렸다. 《대한매일신보》를 《매일신보》로 이름을 바꾸어 총독부의 기관지로 만들었고,《황성신문》은 《한성신문》으로 이름을 고치게 했다가 곧 폐간시키고 말았다.

"모든 조선인은 일본의 법률에 복종하든가 그렇지 않으면 죽어야 할 것이다."

초대 총독 데라우치의 부임 첫마디였다.

"성님, 무고허신게라우?"

한 남자가 가게로 들어서며 꾸벅 인사를 했다.

"뭐 하러 또 왔능가?"

장덕풍은 노골적으로 싫은 기색을 했다.

"야아…… 저어, 그냥……."

얼굴이 부어 병색이 완연한 남자는 기가 푹 죽어 있었다. 빈대코 김봉구였다.

"어허 이 사람, 등짐 지고 오기 전에는 다시 안 오기로 허지 않았나?"

장덕풍은 오만상을 찌푸리며 혀를 찼다.

"저도 그럴라고 혔는디, 이 잡놈의 병이······."

"듣기 싫네! 거렁뱅이 장타령은 가락이나 있지, 맨날 그놈의 소리, 재수 옴 붙네."

"성님, 한 번만 더 도와주시게라우. 몸 다 나으면 곱쟁이로 갚을 랑게."

손을 맞잡은 김봉구가 우는 듯 비굴한 얼굴로 장덕풍에게 머리를 숙였다.

"이 사람아, 벌써 몇 번째여? 나도 장사 안돼 죽을 맛이랑게."

"아능마요, 사람 좀 살려 주시게라우."

김봉구의 목소리는 절박했다. 그는 똥독을 앓게 되면서 이미 꽤 많은 돈을 빌려 갔다. 갈수록 냉대가 심해지기는 해도 빈손으로 내몰지 않는 것이 그나마 고마웠다.

"이것으로 끝이여? 여기다 표시허소."

장덕풍이 동전 몇 개와 함께 장부를 내밀었다.

김봉구는 허겁지겁 동전을 집으며 또 그 주모년을 잡아 죽일 생각에 이를 악물었다.

백종두는 나흘째 집 안에 틀어박혀 있었다. 식구들은 날마다 잔뜩 긴장한 채 살얼음 걷듯 하고 있었다. 그가 걸핏하면 짜증을 내고, 사소한 일에도 트집을 잡았기 때문이다. 식구들 중에 그의 눈치를 안 보는 사람은 헌병 보조원으로 긴 목검을 덜렁거리며 차고 다니는 그의 아들뿐이었다.

백남일은 비로소 제 할 일을 찾은 양 활기차고 당당해져 있었다. 전처럼 대낮부터 술주정하는 일도 없었고, 노름에 넋 팔아 밤샘하느라고 집에 들어오지 않는 일도 없었다.

백종두는 쓰지무라한테서 만나자는 연락이 오기만을 초조하게 기다렸다. 그런데 엉뚱한 사람이 찾아들었다. 지난날 함께 이방 노릇을 했던 김삼수였다.

"자네가 우리 집에 어쩐 일이여?"

"인제 헐 일이 없어져서 그냥저냥 걸음 혔구마. 자네 요새 어찌 사는가?"

투박하게 생긴 김삼수가 멋쩍게 웃으며 백종두의 눈치를 살폈다.

"어찌 살기는. 그냥저냥이제."

백종두는 대답과는 달리 바짝 긴장했다. 그리고 그의 촉수는 상대방이 왜 자기를 찾아왔는지 알아내기 위해 기민하게 작동하기 시작했다.

"저어…… 앞으로 부청에서 자네가 큰 자리를 차지헐 것이란 소문이든디……."

"뭣이여! 누가 그려?"

백종두의 입에서 터져 나온 소리였다.

"아니시, 아니시, 그냥 들은 소문이시."

당황한 김삼수는 손까지 내저었다.

백종두는 느닷없는 말에 너무 놀라 소리가 크게 터진 것이고, 김삼수는 그런 백종두의 반응이 감추려던 인사 비밀이 드러나자 화를 낸 것으로 받아들인 것이다.

"어떤가, 소문이 맞기는 맞제?"

김삼수는 무척 조심스럽게 물었다.

"글쎄, 소문을 다 믿을 수 있간디?"

백종두는 다리를 야무지게 꼬고 앉으며 대답을 모호하게 흐려 놓았다. 그런 식의 모호한 응답은 관청 밥을 오래 먹으면서 익힌 것이었다.

"북이 공연히 소리 나는 법 아니제."

김삼수도 관청 밥을 오래 먹기는 매일반이라 눈치가 빨랐다. 그는 자기 좋을 대로 소문을 사실로 단정 짓고 있었다.

"……우리 사이에 말덫 놓고 말꼬리 틀고 헐 것 없이 탁 터놓고 말헐라네. 이참에 부청 판을 새로 짤 적에 자네가 힘 좀 써 주소. 비용이야 드는 대로 내겄네."

김삼수는 정말 탁 터놓고 말을 해 버렸다. 백종두는 한쪽 입꼬리가 삐딱하게 처져 돌아가는 웃음을 웃고 있었다.

"어떤가, 그리혀 주겄제!"

김삼수는 자리를 고쳐 앉으며 다급한 속을 다 드러냈다.

"두고 보세. 옛정이야 잊을라등가?"

부드럽고도 느긋한 백종두의 대꾸였다.

"하면, 물건이야 새 물건이고 사람이야 옛정 맺은 사람 아니드라고?"

김삼수는 드디어 얼굴을 풀고 웃음을 지었다.

김삼수가 돌아가자 백종두는 마음이 더 불안하고 좀이 쑤셨다. 그 소문이 사실인지 알아봐야 직성이 풀리겠는데 방법이 없었다. 며칠 있다가 연락하겠다는 쓰지무라를 불쑥 찾아갈 수도 없는 노릇이었다.

이튿날, 드디어 술집으로 오라는 쓰지무라의 연락이 왔다.

백종두는 들뜬 마음으로 술집으로 갔다. 술집에는 뜻밖에 하시모토도 나와 있었다.

"아직 비밀이오만 우리끼리니까 털어놓겠소. 합병에 따른 이번 개편으로 백 상이 김제군 죽산면 면장으로 확정됐소."

쓰지무라가 웃으며 내놓은 말이었다.

"면장, 면장이라고요?"

허리를 곧추세우는 백종두의 목소리가 거칠었다.

"아니 백 상, 왜 그러시오?"

하시모토가 놀란 얼굴로 물었다. 쓰지무라의 얼굴이 불쾌하게 싹 변했다.

"내가 바친 고생이 얼만데 그까짓 면장이라니, 사람을 뭘로 보는 거요!"

백종두는 정면으로 들이댔다.

"그럼, 백 상이 원하는 자리가 뭐요?"

쓰지무라가 픽 웃으며 물었다.

"군수 자리는 하나 줘야지요."

백종두는 확실하게 내답했다.

"군수? 원하면 못 줄 것 없소. 백 상, 내 말 똑똑히 듣고 결정하시오. 이젠 조선 시대가 아니라 대일본 제국의 시대요. 행정조직도 일본식으로 개편했소. 일본식 지방행정의 기본은 면이고, 행정권도 면에 다 부여되어 있소. 그러니까 군은 형식상 있는 거고, 군수는 이름뿐인 허깨비요. 조선 시대하고는 반대요."

백종두는 가슴이 철렁 무너지면서 고개를 푹 숙였다.

"죄송합니다, 쓰지무라 서기님. 무례를 용서하십시오."

"하하하하…… 백 상은 참 앗싸리해서 좋아요. 우리 일본 사람하고 비슷해요."

하시모토가 거들고 나섰다.

"백 상, 남자다워서 좋소. 오늘 술은 백 상이 사시오."

쓰지무라가 관대한 척 껄껄대고 웃었다.

"예에, 영광이옵니다."

백종두는 두 번 세 번 머리를 조아렸다.

"백 상, 우리가 곧 착수할 거대한 사업이 있는데, 백 상도 각오를 굳게 하시오."

쓰지무라가 거만스레 술을 따랐다.

"예, 무슨 사업인지요?"

잔을 받쳐 든 백종두의 손이 떨렸다.

"토지조사사업이라는 거요."

"예, 토지조사사업……."

"자, 술 듭시다. 이제 조선의 해는 없어졌소. 앞으로는 일본의 해가 조선 땅을 비춰 줄 것이오. 백 상도 일본 제국의 충신이 되기를 맹세하시오."

하시모토가 목청을 높이고 있었다.

20

미로

골짜기에 어둠살이 내릴 무렵 공허와 지삼출이 두 사람을 데리고 나타났다.

그들을 기다리고 있던 송수익은 임병서 뒤에 서 있는 사람을 보고 너무나 놀랐다. 뜻밖에도 신세호가 함께 온 것이었다.

"세호 자네가 어쩐 일인가?"

신세호와 손을 맞잡은 송수익의 목소리가 떨렸다.

"자네가 살아 있단 말 듣고 안 나설 수가 없었지."

신세호도 목이 잠긴 듯한 소리로 말했다.

몇 년 만에 한자리에 둘러앉은 그들 셋의 얼굴에는 서른 살 문턱에 선 세월의 무게가 담겨 있었다.

"제가 몸도 회복이 덜 됐고, 산을 벗어나기도 위험해서 무례인 줄 알면서도 험한 길을 오시게 했습니다."

송수익은 임병서에게 인사를 차렸다.

"아니올시다. 저도 대형의 전사 소문을 듣고 슬픔과 낙망에 빠져 있다가 생존 소식을 듣고 어찌나 놀라고 반갑던지, 불러 주시지 않았어도 먼저 뵈러 왔을 것입니다."

임병서도 예를 갖추었다.

"제가 대형을 뵙고자 한 것은 나라를 빼앗긴 마당에 앞일을 어찌할까 대형과 의논하면 길이 열리지 않을까 하는 생각 때문입니다. 대형께서는 옥고를 치르시면서 많은 생각을 하셨을 것이니 뜻을 모으면 이 난국을 헤쳐 갈 새로운 길이 열리지 않을까 합니다."

송수익은 정중하게 운을 뗐다.

"싸움다운 싸움 한번 못하고 잡혀 허송세월만 했으니, 그동안 악전고투 속에서도 승리해 오신 대형께 차마 면목이 없습니다. 대형께서 저 같은 사람을 그런 중대한 일의 의논 상대로 생각하셨다니 영광입니다만, 무슨 말씀을 드려야 할지 두서를 잡기가 어렵습니다."

임병서는 송수익이 말머리를 풀어 주기를 바라고 있었다.

"예, 아시는 대로 의병이 왜놈들을 상대로 전쟁을 벌인 것이 오륙 년째입니다. 이 전쟁은 규모로 보나, 의병의 수로 보나, 의병과 백성이 희생된 것으로 보나, 임진왜란 이후로 가장 큰 왜놈과의 전쟁이었습니다. 임진왜란 때와 다른 점이 있다면, 그때는 상감과 더불어 조정과 백성이 함께 싸웠고, 이번에는 상감과 조정이 왜놈 편에 서서 의병을 역적으로 매도하고 해산령을 내리는 가운데 백성들이 스스로 나서 싸웠다는 점입니다. 임진왜란 때처럼 조정과 백성이 철통 단결해도 왜놈을 몰아낼까 말까 한데 상감과 조정이 그런 망동을 저질렀으니 의병이 어떻게 이길 수 있겠습니까? 그다음으로 지적해야 할 패인으로 의병 전체의 지휘 체계를 세우지 못하고 지역별로 분산된 점과, 신식 무기를 갖추지 못했다는 점입니다. 헌데 그 두 가지도 결국은 상감과 조정의 망발에서 연유한 것입니다. 그런 악조건 속에서도 의병은 사력을 다해 싸웠고, 백성들 또한 생명을 걸고 의병을 도왔습니다. 의병이 그토록 오랜 세월에 걸쳐 싸울 수 있었던 것은 백성들이 먹을 것, 입을 것을 대주었기 때문입니다. 그동안 수만 명의 의병과 백성의 피가 강산을 물들였음에도 결국 나라를 뺏기고 말았습니다. 의병의 기세도 쇠진할 대로 쇠진했습니다. 그러나 정작 싸움은 지금부터 더 맹렬하게 전개해야 합니다. 지금 싸움을 포기한다면 어떻게 나라를 되찾겠습니까? 우리가 계속 싸우자면 어찌해야 하는지, 마음을 터놓고 의논했으면 합니다."

송수익의 강한 눈길이 두 사람을 주시하고 있었다.

"자네 어찌 그리 무엄한가? 의병장이라 그런가?"

신세호의 노기 띤 말이었다.

"아니, 갑작스레 무슨 소린가?"

송수익은 신세호의 느닷없는 말에 그만 어리둥절해졌다.

"무슨 소리냐니? 상감마마를 능멸하고서도 죄를 깨닫지 못하고 되묻는 건가!"

신세호의 얼굴은 하얗게 질려 있었고 두 손은 부들부들 떨리고 있었다. 송수익은 헛웃음이 나오려 했다. 그러나 신세호의 체면을 생각해서 헛웃음을 참았다.

"이보게, 나라가 없어진 마당에 상감이 어디 있는가? 왜적의 편을 들어 백성을 오히려 적으로 삼고, 그러다가 나라를 뺏긴 상감도 상감인가?"

송수익의 말이 화살로 날아갔다.

"나라를 팔아먹은 놈들은 조정 대신들이지 상감마마가 아니네. 상감께서는 왜놈들 총칼의 위협에 어찌하실 수 없었던 거 아닌가? 상감께서는 그런 처지에서도 헤이그에 밀사까지 보내 나라를 구하려 하시다가 강제 양위의 비운까지 당하셨네. 헌데 어찌 감히 그런 상감마마를 욕하고, 두 분 상감께서 엄존해 계시는 데 어찌 상감이 없다고 망언을 일삼는가?"

"자네 말은 썩 그럴듯하네. 허나 조정 대신 놈들은 애당초 누가

임명했는가? 하늘에 닿는 권력을 가지고도 나라를 망치는 신하들을 없애지 못하고 허깨비 노릇만 한 상감, 그 무능에 무슨 말을 더 보태겠는가? 보호조약이 체결되자 신하들은 줄줄이 자결하고, 백성들은 죽음을 무릅쓰고 의병을 일으켰네. 그때 상감은 무엇을 했는가. 헤이그에 밀사를 보낸 것을 자네는 상감이 할 수 있는 최상의 선택이라고 생각하는 모양이네만, 무기를 들고 쳐들어온 놈들을 수만 리 밖에 있는 딴 나라 사람들에게 물러가게 해

달라고 부탁하다니, 그런 답답할 노릇이 어디 있는가? 보호조약이 체결되었을 때, 상감은 만백성에게 외쳤어야 하네. '백성들이여, 나와 더불어 왜적들과 싸우자'라고. 그리고 군대를 이끌고 앞장서야 했네. 그게 나라 뺏긴 상감이 책무를 다하는 길이네. 상감이 해산령을 내려도 나라를 구하겠다고 의병으로 나서 수만 명씩 죽어 가는 백성들인데, 만약 상감이 군대를 이끌고 나섰다가 왜놈들의 총칼에 죽었다면 이 백성들은 어찌했겠나? 이 땅에 합방이란 없었네."

송수익은 속이 후련함을 느끼며 신세호를 응시했다.

"자네가 일찍부터 개화사상에 물들어 유학을 등진 것은 알고 있네만, 그렇다고 나라의 중심이요 만백성의 어버이이신 군왕께 그리 불경한 언사를 하는 것은 그냥 넘길 수가 없네. 비록 합방을 당했으나, 지금 나라가 이만한 것은 다 두 분 상감께서 엄존해 계시기 때문이네. 상감께서 엄존해 계시는 한 그 법통은 이어지는 것이니 실은 나라를 잃은 것이 아니네. 잃은 것은 다만 겉이요, 속은 잃은 것이 아니란 말일세. 자넨 그 점을 망각하고 있으니, 잘못된 생각을 어서 바꾸게."

송수익은 넘을 수 없는 벽을 느꼈다.

"됐네. 자네는 나라의 주인이 임금이고 백성은 종이라고 생각하는 거고, 난 나라의 주인은 백성이고 임금은 백성을 위해 정치를 해야 한다는 생각의 차이일세. 이 얘긴 이쯤에서 덮어 두세."

송수익이 스산하게 웃으며 말했다.

"참 자넨 별난 사람이야. 그런 엉뚱한 생각을 하는 사람이 자네 말고 또 누가 있겠나?"

신세호가 맥이 빠져 고개를 저었다.

"그리 말하진 말게. 자네도 신문을 읽어 온 사람인데 그리 말하면 되나. 신문에 글을 쓰는 사람들은 대개 그런 생각을 하고 있고, 나도 신문을 통해서 그런 생각을 갖게 되었네."

"그런 사람이 몇이나 되겠나? 천에 하나, 만에 하나에 불과할 뿐인데 그런 소수의 생각을 주장한다고 세상이 달라지나?"

신세호는 입가에 비웃음을 물었다.

"단정하지 말고 두고 보세. 유생들의 몇 백 년 묵은 생각으로는 나라를 되찾기 어려울 걸세. 자네가 아직 젊으니까 더 넓게 생각해 보라는 당부는 꼭 하고 싶네. 자네 신채호라는 분 알지? 자네와 항렬이 같은 문중 아닌가? 그분이 우리보다 두세 살 많은데 그 생각이 투철하게 앞서 있네. 나는 그분한테서 많은 것을 배웠는데, 자네도 읽어 보게나."

송수익의 나직한 말이었다.

"예, 그분이 지으신 성웅 이순신이나 을지문덕은 정말 소중한 책입니다. 왜놈을 물리치고 이 난세를 이겨 내려면 이순신 장군이나 을지문덕 장군 같은 분을 모두가 본받아야 하고, 또 우리 동포의 거룩함을 일깨우려는 것이 그분의 뜻이 아닌지요?"

그때까지 침묵하고 있던 임병서가 반가운 기색을 드러내며 말했다.

"옳습니다. 그분은 책을 짓는 것으로 또 다른 의병 싸움을 하시는 거지요."

송수익의 대꾸였다.

"아, 그렇군요. 저는 거기까지는 생각이 미치지 못했습니다. 글이 무기가 될 수 있다는 것, 큰 깨달음입니다."

임병서는 깊은 생각이 담긴 얼굴로 고개를 주억거렸다.

"생각을 바로 갖게 하고 정신을 무장시키는 책의 힘이란 병사의 힘과 저울질할 수가 없는 법이지요."

송수익이 진지한 얼굴로 말했다.

신세호는 두 사람의 이야기를 듣고만 있었다. 신채호의 글은 가끔 읽어 보았지만 유생답지 않은 투가 마음에 들지 않았고, 『성웅 이순신』이나 『을지문덕』 같은 이야기책은 읽어 보지 않아 이야기에 끼어들 수가 없었다.

"아까 이야기를 다 안 끝내고 딴 이야기를 시작했는데, 자넨 송형의 말을 어찌 생각하나?"

얼굴이 희고 가녀린 신세호가 그 나름의 고집스러움을 드러냈다.

"송 형의 말을 듣기 전에는 자네와 다를 것이 없었지. 헌데 송 형의 말을 듣고 보니 그럴 수도 있겠구나 하는 생각이 드네. 그렇다고 송 형의 말이 꼭 옳다는 것은 아니고, 좀 더 두고 생각해 봐야 할 것 같구먼."

임병서는 신세호와 송수익의 눈치를 살피며 희미하게 웃었다.

"사람 참 답답하기는."

신세호는 마땅찮은 듯 혀를 찼다.

"사람의 생각이란 다 같을 수 없는 일이니 자네도 임 형처럼 더 두고 생각해 보게. 밤도 깊어 가는데 정작 해야 할 얘기가 뒤로 물러나 있네. 이제 그 얘기를 좀 했으면 좋겠네."

송수익은 말머리를 돌렸다.

"처음 의병에 나섰을 때와는 형편이 많이 달라져 지금은 왜놈들의 기세가 뻗치지 않는 데가 없고, 백성들은 기가 꺾일 대로 꺾여 있고, 뜻을 합칠 만한 사람들은 떠나가고 해서 어찌할 방도를 모르고 지냈습니다."

임병서는 겸연쩍은 듯 낮은 소리로 말했다.

"예, 왜놈들이 이 땅을 완전히 장악한 마당에 의병이 전처럼 다시 일어나기도 어렵고, 일어난다 해도 또 당하기만 할 뿐입니다. 새로 싸움을 시작하되 새 방안을 찾지 않을 수가 없습니다. 그래서 저는 의병을 이끌고 만주로 가는 것이 어떨까 합니다. 벌써 만주로 옮겨 간 의병대가 적지 않고, 홍범도 부대의 활약을 전해 들으면서 그것이 좋겠다고 마음을 굳혔습니다. 대형께서도 의병을 모아 저와 함께 만주로 가시는 게 어떨는지요?"

"만주 땅으로요?"

임병서가 허리를 곧게 세우며 놀랐다.

"예, 만주 땅으로요."

송수익은 분명한 목소리로 말을 되받으며 임병서를 똑바로 보았다.

임병서가 입을 꾹 다물었다.

두 사람 사이에 잠시 말이 끊겼다.

"물이 있어야 고기가 살 텐데, 누구 도움으로 싸움을 합니까?"

임병서의 어두운 말이었다.

"만주 땅에는 오래전부터 동포들이 많이 삽니다. 새로 건너가는 사람들도 많구요."

송수익의 밝은 대답이었다.

또 말이 끊겼다. 솔바람 소리가 들려왔다. 겨울이 다가오는 소리였다.

"나라 안에서는 다른 방도가 없을까요?"

임병서의 의문스러운 말이었다.

"총을 들고 싸우는 한 결국 둠벙에 든 고기 꼴이지요."

송수익의 확신에 찬 대답이었다.

"실은 저도 병 자 찬 자 형님을 모시고 어떤 일을 모색하고 있습니다. 그 일도 나라의 독립을 위한 일이니, 그 형님께 상의를 드려야 할 것 같습니다."

"아, 그러면 그렇게 하셔야지요."

송수익은 마음을 닫았다. 임병찬은 최익현 선생과 함께 대마도로 끌려가 옥살이를 하고 돌아왔다. 그러나 그는 철저한 유생이었다. 송수익은 새로 모색하는 일이 무엇이냐고 묻지도 않았다.

"지금 의병 활동은 어떻습니까?"

임병서가 새삼스레 물었다.

"겨우 생명을 보존하며 허송세월이지요. 제값을 하려면 만주로 뜨는 길밖에 없습니다."

송수익의 말은 냉정할 만큼 단호했다.

잠시 뒤, 세 사람은 조금씩 간격을 두고 나란히 누워 잠자리에 들었다.

송수익은 솔바람 소리를 듣고 있었다. 그 소리에 실려 마음은 북쪽으로만 가고 있었다.

임병서는 송수익을 생각하고 있었다.

'북행길만이 길인가, 다른 길은 또 없는가? 나라를 찾는 길……, 그 길은 한두 가지가 아닐 터인데……'

신세호도 송수익을 생각하고 있었다. 언제나 수수께끼 같은 사람이었다. 언제나 힘겨운 사람이었다. 그러나 마음대로 부정할 수도 없는 사람이었다.

세 사람은 눈을 붙이는 둥 마는 둥 하다가 새벽 목탁 소리와 함께 일어났다. 송수익을 따라 그들은 개울가로 가서 낯을 씻었다.

"대형께서는 북행이 나라를 구하는 유일한 길이라고 생각하시나요?"

임병서가 주저하듯 입을 열었다.

"유일하다기보다는 최선의 길이라고 생각하고 있습니다."

"식구들도 생각하셔야지요."

"그거야 의병으로 나설 때 진작 생각을 끝낸 문제가 아니던가요?"

그 단호함에 임병서는 말문이 막히고 말았다.

신세호와 임병서는 아침을 먹고 곧 절을 떠났다. 송수익은 낙엽이 떨어지는 길로 멀어지는 두 사람의 모습을 지켜보면서 한 가지 문제를 놓고 세 사람이 각기 다른 길을 가고 있다고 생각했다. 그렇지만 최종적으로 옳은 길은 하나일 수밖에 없었다. 그러나 현재로서는 셋 다 미로를 앞에 두고 있다고 생각했다.

신세호는 집으로 돌아와 『성웅 이순신』과 『을지문덕』을 구하려 했다. 그러나 구할 수 없었다.

"모르겠구만이라우. 그 두 책은 헌병들헌티 싹 뺏겨 부렀응게요."

장터에 책을 펼쳐 놓고 앉아 있는 책 장수의 퉁명스러운 대꾸였다.

그 책들이 민족의식을 고취시킨다 하여 총독부에서 압수령을 내렸다는 것을 신세호는 뒤늦게 알았다. 뿐만 아니라 조선인이 지은 교과서를 학교에서 몰수했다는 사실도 알았다.

신세호는 총독부의 그런 처사에 충격을 받지 않을 수 없었다.

"상대방은 꾀와 총검을 함께 가진 교활하고 흉악한 도적떼란 말일세."

송수익의 말이 새로운 느낌으로 떠올랐다.

총독부에서 신문 이름을 바꾸거나 폐간시킨 것은 알고 있었지만 이야기책을 압수하고 교과서까지 몰수한 것은 까맣게 모르고 있었다. 왜놈들이 신문을 저희들 마음대로 만드는 것은 조선 사람의 눈을 멀게 하려는 것이고, 이야기책이나 교과서를 없애는 것은 조선 사람의 정신마저 빼앗으려는 흉계였다.

신세호는 이런 깨달음과 함께, 송수익과 임병서가 의병으로 나서 싸우는 동안 나는 무엇을 하고 살아왔는가 하는 생각에 부딪혔다. 무거운 마음으로 『한서』를 뒤적거리는 나날 속에서 자식을 둘 더 낳은 것뿐이었다.

그리고 상감을 거침없이 질타하는 송수익의 말이 당장 듣기에 고깝기는 했어도 곰곰이 생각해 보니 꼭 틀린 말도 아니었다.

'나는 무슨 일을 해야 하는가……?'

신세호는 날마다 밤이 너무 길었다. 밤이면 자신도 몇 번이고 행장을 꾸리고 나서면서도 날이 새면 그 마음이 허물어지고는 했다.

신세호는 수소문 끝에 신채호의 이야기책을 구해 읽었다. 신채호라는 사람이 왜 굳이 그 영웅전을 썼는지 그 의미를 알 것 같았다.

"그래, 나도 해야 할 일이 있다!"

신세호는 어떤 깨달음으로 주먹을 꼭 말아 쥐었다. 비록 북행은 못하더라도 자신의 능력으로 그 일은 충분히 해낼 수 있을 것 같았다.

21

검은 파도

사람들이 붉은 길 위에 긴 그림자를 끌며 하루 일을 마치고 막사로 돌아가고 있었다. 그들이 막사에 거의 다다랐을 때, 먼저 돌아온 사람들이 웅성거리고 있었다. 그 사람들 앞에는 양복 차림의 두 사람이 종이를 들고 서 있었다.

방영근 일행은 발걸음이 빨라졌다.

"뭐야, 왜놈들이 뭔데 나서서 간섭이야, 간섭이!"

한 남자의 외침이 또렷하게 들려왔다.

"이놈들, 몰매를 쳐야겠어!"

다른 남자가 소리쳤다.

그 말에 맞추듯 사람들이 양복 입은 두 사람을 에워싸기 시작했다.

　"왜들 이러시오, 왜들."

　양복 입은 한 남자가 뒤로 물러서며 외친 말이었다. 조선말이
었다.

　"저 못된 조선 놈부터 죽여라!"

　"맞아, 왜놈한테 붙어먹는 저런 놈부터 없애야 돼!"

　한 사람이 주먹을 날리자 사람들이 와아 소리치며 두 사람에
게 달려들었다.

"인구조사를 나왔는갑네. 얼른 가서 말리세."

방영근이 남용석의 팔을 잡아끌었다.

"고만 허시오, 고만. 이러다가 왜놈 죽이면 우리도 탈 나요."

방영근이 뒤엉킨 사람들을 헤집고 들며 외쳤다.

사람들은 화가 받쳐 있으면서도 물러섰다. 두 양복쟁이는 붉은 흙바닥에 나뒹굴어 있었다. 한 남자는 코피가 터져 얼굴이 피범 벅이었다.

"더 맞기 전에 얼른 가시오."

방영근이 발로 땅을 구르며 외쳤다.

두 남자는 후다닥 몸을 일으키더니 앞다투어 달아났다.

"혜, 불알에서 딸랑딸랑 종소리 나네."

사람들은 달아나는 두 양복쟁이를 바라보며 속 시원하게 웃었다.

"저 왜놈이 인구조사란 것 나왔등가요?"

방영근이 사람들을 둘러보며 물었다.

"맞소, 영사관에서 나왔다고 합디다."

몸집 큰 남자가 대답하며 침을 내뱉었다.

"왜놈들 뻔뻔스런 짓 속 터져 못 보겠소. 미국 땅에서까지 상전 노릇을 하려 들다니."

"그러게 나라를 뺏기지 말았어야제. 우리 신세도 팍팍허게 되어 부렀소."

남용석이 쓴 입맛을 다시며 돌아섰다.

모여 선 사람들도 시무룩한 얼굴로 흩어졌다.

나라를 빼앗긴 소식은 하와이에도 전해졌다. 대한국민회 하와이지역 총회에서는 그 소식을 농장마다 알렸고, 9월 1일에는 일본 성토 궐기대회를 열었다.

우리는 대한의 국호와 국기를 영원히 보장한다.

우리 강토에서 왜적의 무리를 내쫓을 때까지 8월 29일을 국치일로 선포한다.

우리는 왜적에 대한 적개심을 해마다 새롭게 한다.

우리는 왜적의 이해와 협동을 일절 거부한다.

우리는 반일 운동을 자손만대에 유산처럼 남긴다.

우리는 언제 어디서고 왜적의 피를 가진 자를 멀리하고 우교를 단절한다.

우리는 세계만방에 왜적의 야비성을 누누이 비방하고 왜적과 대결할 실력을 배양한다.

그 대회에서 결정한 일곱 가지 투쟁 방안이었다. 그 대회에는 하와이의 여러 섬에 사는 4,200여 명의 동포가 거의 다 참석했다.

그러자 일본 영사관에서는 조선 사람들의 배일 행위를 근절시킴과 동시에 관할권을 행사하기 위한 계획을 세웠다. 첫째가 정보원의 확대였고, 둘째가 조선인 인구조사였다.

하지만 국민회에서는 인구조사에 응하지 말라고 선전했다. 그 바람에 일본 영사관은 궁지에 몰렸다. 인구조사는 사람 수만 파악하는 게 아니라 개개인의 자세한 신상 파악이 목적이었다. 그러니 사람들이 입을 열지 않으면 조사가 불가능했다. 사람들의 입을 열게 하려면 강압적인 무력이 필요하지만, 미국 땅에서 일본 영사관이 무력을 갖출 도리는 없었다.

일본 영사관에서는 농장 노동자들보다 시내에 살고 있는 사람부터 접촉했다. 그러나 그 조사에 입을 가볍게 연 사람은 아무도 없었다.

소득을 얻지 못한 영사관에서는 농장을 찾아들었다. 영사가 직원들을 데리고 직접 나서기도 했다.

"에, 대일본 제국과 조선은 이제 사이좋은 한 나라가 되었습니다. 따라서 영사관은 타국에서 고생하시는 여러분을 돕고 보호할 책임이 있습니다. 그러니 일본과 조선의 화합을 위해, 그리고 여러분의 편안한 생활을 위해 인구조사에 적극 협조해 주시기 바랍니다."

농장에 찾아온 일본 영사의 연설이었다.

"이 도적놈아! 나라를 강제로 뺏은 놈들이 무슨 뻔뻔한 소리냐?"

어떤 사람이 주먹 쥔 팔을 치뻗으며 외쳤다.

"맞아, 어디다 대고 개 짖는 소리냐? 저놈들을 다 때려죽이자!"

어떤 사람이 소리치며 돌을 던졌다.

"와아— 죽여라, 죽여."

사람들이 소리 지르며 그들에게 덤벼들었고, 일본 영사는 직원들과 함께 혼비백산 달아났다.

일본 영사가 줄행랑친 소문이 퍼진 뒤로 농장에는 낯모르는 조선 사람들이 가끔씩 나타났다. 그들은 어슬렁거리고 다니며 막사 안을 기웃거리거나 사람들에게 시답잖은 말을 걸다가 자취를 감추고는 했다. 처음에 사람들은 그저 일거리를 구하려는 실업자이겠거니 생각했다.

그런데 그 사람들은 일본 영사관의 끄나풀이라는 게 밝혀졌다. 최순용이라는 자가 국민회의 서류를 훔쳐 내다가 붙들린 사건 때문이었다. 그자가 훔친 서류는 인구조사와 비슷하게 꾸며진 회원 명부였다.

"조선 사람이 왜놈 앞잡이 노릇을 하는 게 가장 못된 짓이라는 걸 몰랐나!"

"죽을죄를 졌습니다. 마땅한 일자리는 없고, 농장 일은 너무 힘들어 할 수가 없고…… 그래서 그만 잘못 생각했습니다. 다시는 그 짓 안 하겠으니 용서해 주십시오."

최순용은 무릎을 꿇고 빌었다. 그 애걸 앞에 국민회 간부들은 마음이 약해졌다.

"최순용 씨, 우리가 똘똘 뭉쳐도 빼긴 나라를 찾기 어려운데 그런 짓을 해서야 쓰겠소? 지난 잘못을 뉘우치고 열심히 일하도록 하시오."

최순용이 풀려나면서 들은 말이었다.

그런데 얼마 뒤 최순용이 칼을 맞고 죽었다. 교회를 돌아다니며 교인 명부를 훔쳐 내다가 들켜 죽은 것이었다. 그의 가슴에 칼을 꽂은 이는 이상린이었다. 그 사건은 이상린을 보호하기 위해 쉬쉬하는 속에서 덮였지만 동포들 사이에는 소리 없는 바람이 되어 퍼져 나갔다.

방영근은 그때 이상린이란 사람을 만나 보고 싶은 충동을 느꼈다. 그런데 오늘 최순용이와 똑같은 앞잡이를 살려 보낸 게 영 께름칙했다.

"무슨 생각이여? 또 돌아갈 가망 없는 집 생각이여?"

남용석이 식당을 나서며 물었다.

"아니, 아까 그 조선 놈을 살려 보낸 것이 영 찜찜허구만."

"이, 그런 데는 술이 약이시. 가세, 내가 한잔 살랑게."

남용석이 눈을 찡긋했다.

"일어나게. 나도 한잔 사겠네."

두 사람과 가까이 지내는 김칠성이 자리를 털고 일어났다.

세 사람은 막사를 나서 허름한 중국집에 자리를 잡았다.

"자네들 우리 옆 막사에 있는 충청도 씨름꾼이 맞선 본 얘기 들었나?"

김칠성이 이야기를 꺼냈다.

"그 미련헌 물건이 결국 맞선을 봤는갑네?"

남용석이 관심을 드러냈다.

"하와이 여자가 그 사람을 보자마자 결혼을 하자고 덤볐다는 거야. 허나 그 사람은 루나가 졸라 대니까 어쩔 수 없이 끌려간 판 아닌가? 그런데 여자가 덤비니 야단나지 않았나? 그래 억지로 도망쳤다는군."

김칠성이 키들키들 웃었다.

"농장 주인 놈들이 우리를 천시해서 하와이 여자허고나 살아라 그것이제."

남용석이 담배 연기를 훅 내뿜었다.

"흥, 토종 여자헌티 중매 서는 것도 고마워허소. 그놈들이 매긴 등급으로 치면 하와이 토종들이 우리보다 한참 위니께."

방영근이 떫게 웃으며 술잔을 들었다.

"천시 당할수록 하와이 여자들하고는 혼인하지 말아야 해."

김칠성이 입을 야무지게 훔쳤다.

"그 씨름꾼은 맞선을 봤지만, 다른 사람은 걱정 안 해도 될 것이네."

방영근이 술잔을 물끄러미 내려다보며 말했다. 술잔에 수줍게 배시시 웃는 오월이의 동그스름한 얼굴이 어렸다.

그만 일어나야 될 시각이었다. 내일은 할 일이 많았다.

"훈련이 내일 밤 맞제?"

방영근이 김칠성에게 말했다.

"맞네. 내일 밤 훈련 잘 받자면 그만 일어나야 되겠네."

김칠성이 먼저 몸을 일으켰고, 세 사람은 밖으로 나왔다.

"우리는 언제까지 목총만 갖고 훈련을 하는 건가?"

김칠성이 불만스럽다는 듯이 말했다.

"인제 시작인디 총 살 돈이 어디 있겠어?"

방영근의 한숨 섞인 대꾸였다.

그들은 목총을 메고 군사훈련을 받은 지 열흘쯤 되었다. 농장마다 젊은 사람들을 모아 부대를 편성했던 것이다. 국민회에서 주동이 되었고, 노동자들 중에 섞여 있는 구한국군 출신들이 교관으로 나섰다. 하와이로 오는 배를 탄 군인이 300여 명이었다.

군사훈련은 1주일에 세 번씩 저녁에 했다. 젊은이들은 농장 노동의 고단함을 무릅쓰고 열성으로 참여했다. 그들은 보수를 받기는커녕 오히려 돈을 냈다. 목총도 그들이 국민회에 낸 기부금으로 마련한 것이었다.

루나와 농장주들은 군사훈련을 못마땅해했다. 군사훈련이 집단행동으로 나타날지도 모른다는 염려 때문이었다. 하지만 내놓고 방해하지는 못했다. 일과가 끝나고 하는 일인 데다, 방해를 하려고 들다가 민족 감정을 다치게 되면 그야말로 집단행동을 일으킬 수도 있었다.

농장주들은 그런 고민을 국민회에 알렸고, 국민회에서는 그런 문제는 국민회가 책임진다는 통고와 함께 협조를 부탁했다.

농장주들은 조선 사람들을 하와이 여자들과 혼인시키려 했다. 그러나 조선 남자들은 하와이 여자뿐만 아니라 일본 여자, 중국 여자하고도 혼인하려 들지 않았다. 오로지 조선 여자가 아니면 안 된다고 머리를 내저었다.

조선 남자들의 마음을 알게 된 농장주들은 조선 여자들을 데려오자는 방안을 냈다. 그 묘방은 국민회의 구상과도 맞아떨어졌다.

국민회에서는 나라가 일본의 식민지로 완전히 넘어가면서 조선 사람들이 의기소침해진 것을 알고 있었고, 그에 따른 방황이 방탕으로 빠져드는 것을 걱정하던 참이었다. 조선 여자들을 데려와 혼인을 시키면 생활이 안정될 뿐만 아니라 동포의 수가 늘어 동포 사회가 그만큼 튼튼해질 수 있었다. 그건 바로 독립운동 기지의 강화였다.

농장주들과 국민회 사이에서 논의된 결론이 '사진결혼'이었다. 사진결혼 소문이 농장마다 퍼지면서 나이 든 총각들은 가슴이 설렜고, 잊을 수 없는 고향병을 더욱 도지게 했다.

사진관의 문턱이 닳을 지경이 되는 가운데 최초의 조선 신붓감이 하와이에 도착했다. 국민회 회장 이대수가 시범을 보이듯 신붓감을 맞아들인 것이다. 전라도 처녀 최사라가 배를 타고 호놀룰루 항구에 닿은 것은 1910년 12월 2일이었다.

22

세월의 상처

텅 비어 여름보다 넓어 보이는 들녘에는 맵고 찬 바람만 가득
했다.

보름이는 추운 줄도 모르고 매운바람을 양껏 들이켰다. 들녘을
보는 것만으로도 가슴이 탁 트여 살 것 같았고, 이미 친정 안마
당에 들어선 기분이었다. 산 첩첩한 무주에 갇혀 살며 얼마나 그
리워하던 들녘인지 모른다.

까욱 까욱 까욱…….

까마귀 울음소리에 보름이는 끔찍한 장면이 떠올라 소스라쳤
다. 소나무 가지에 목매달려 죽은 의병들의 시체에 까마귀들이
새까맣게 달라붙은 장면이었다. 남편은 의병과 내통한다고 왜놈

들에게 총을 맞아 죽었다. 남편을 잃은 힘겨움을 시아버지가 헤아려 여름과 겨울에 친정 나들이를 허락했던 것이다.

먼발치의 둥그스름한 야산 밑자락으로 동네가 드러났다. 보름이는 벌써 어머니 냄새를 가슴 가득 맡고 있었다.

"엄니이, 어엄니이……."

보름이는 사립을 뛰어들며 마치 어린애처럼 어머니를 소리쳐 불렀다.

"누님이여, 큰누님!"

지게문이 벌컥 열리며 동생의 목소리가 터져 나왔다.

"뭣이라고, 보름이라고!"

뒤따라 울린 어머니의 목소리였다.

"야아, 엄니 보름이구만이라."

보름이는 토방에 발을 디디며 인사했다. 그 목소리는 벌써 반가움에 겨운 울음이었다.

"아이고메, 추운디 몸뚱이 다 얼어 터졌겄다."

감골댁이 딸을 얼싸안았다.

"엄니, 그동안 어찌 사셨소? 몸은 성허시당가요?"

"하면, 나야 성허제. 니는 어쩌냐?"

마디 굵은 감골댁의 손이 딸의 등을 쓸고 있었다.

"큰누님 춥구만."

그때까지 눈만 껌벅이던 대근이가 말했다. 그의 눈자위도 물기
에 젖어 있었다.

"아이고, 이놈의 정신 좀 보소. 얼른 들어가자, 얼른."

재빨리 눈물을 훔친 감골댁이 보름이의 등을 싸안았다.

"대근이 인제 총각이 다 되었네."

"총각은 무슨……."

대근이는 누나를 마주 보며 쑥스럽게 웃었다. 웃는 모습이 아버지 같기도 하고 오빠 같기도 해서 보름이는 가슴이 찡 울렸다.

"근디, 애는 어쩌고 혼자다냐?"

감골댁이 이불을 끌어다가 딸의 무릎을 덮어 주며 입을 뗐다.

"시아버님허고 약초를 강경까지 실어 내느라고 집에 떼 놨구만이라우. 그리고 그 일이 아니어도 날 추워 병 얻는다고 시아버님이 삼봉이를 못 데리고 가게 헝게요."

보름이는 어머니에게 미안한 웃음을 지으며 보퉁이를 풀었다. 보퉁이에는 장 본 물건이 들어 있었다.

"요것은 엄니가 쓸 참빗에 바늘이요. 요것은 버선 만들어 신으라고 끊은 일본 광목인디, 많이는 못 끊고 두 자구만이라우."

보름이는 참빗과 바늘쌈을 광목 위에 올려 어머니 앞에 내밀었다.

"아이고 뭐 헐라고 요 비싼 것들을 사 온다냐? 힘들게 캔 약초 팔아 갖고 돈 이리 쓰다가는 시집에서 미움 산다."

감골댁은 정색을 하고 딸을 나무랐다.

"엄니, 걱정 마씨요. 시아버님이 다 알아서 헌 것잉게."

보름이가 목을 움츠리며 눈웃음을 쳤다.

"큰언니 맞제, 큰언니!"

반가움이 왈칵 넘치는 외침과 함께 다급하게 방문이 열렸다.

"이, 수국아."

보름이와 수국이가 얼싸안았다.

"여기, 요것 니 거다."

보름이가 수국이 손에 색실 묶음을 쥐어 주었다.

"아이고, 이쁜 거. 일본 색실 아니라고? 나는 언제나 요리 좋은 것을 갖어 볼까 혔는디."

색깔 고운 수실을 싸잡으며 수국이는 기쁨에 넘치고 있었다.

"속창아리 없이 왜놈 물건 좋아허지 말어."

대근이가 느닷없이 것지르고는, "큰누님도 우리 생각허는 것이야 고마운디, 아까운 돈으로 왜놈 물건 사지 마소. 다 나라 망쪼드는 것잉게." 하고 말했다.

"음마, 진작에 망한 나라, 더 망할 나라가 어딨냐!"

수국이가 동생에게 쏘아붙였다.

"넋 나간 소리 말어. 나라가 망혔어도 땅은 그대로고, 백성도 그대로여. 나라를 뺏겼으면 정신을 차려야제, 왜놈들 물건 사는 것은 망친 나라 또 망치는 넋 빠진 짓거리고, 그래 갖고는 백 년

천 년 왜놈들 종질이여."

대근이가 목에 핏줄을 세웠다.

"쟈가 어찌 저리 똑똑헌 소리를 헌다냐?"

보름이는 어리둥절한 눈으로 어머니와 수국이를 둘러보았다.

"저것이 서당에 다니면서 똑 헌병헌티 잡혀가 늑신허게 매타작 당헐 소리만 배워 갖고 저리 아는 척해 쌓고 야단이랑마."

수국이가 눈을 흘기며 입을 삐죽거렸다.

"서당에서 그런 것도 가르치능고?"

보름이는 더욱 의아스러워졌다.

"신세호라든가 신네호라든가 허는 사람이 별 요상헌 것을 다 가르치고 그런다드랑게."

수국이가 색실을 매만지며 코웃음을 쳤다.

"뚫린 구멍이라고 주둥이 멋대로 놀리지 말어. 선생님 존함을 놓고 뭣이 어쩌고 어쩌? 신네호! 빌어먹을 주둥이를 팍 그냥!"

눈을 부릅뜬 대근이가 주먹을 치켜들었다.

"아이고메, 엄니, 엄니……."

수국이가 화닥닥 감골댁 뒤로 몸을 감추었다.

"그려, 선생님을 그리 말헌 것은 수국이가 잘못혔다. 신 선생님이야 꿈에라도 그리 말해선 안 되제. 글을 가르쳐 주면서 돈을 받기를 허냐, 뼈대 있는 양반이면서 사람에 차등을 두기를 허냐?

그 선생님 아니면 어디서 글을 깨치고, 세상 물정을 알겄냐. 양반 중에 다시없는 분이시제."

감골댁은 차분하게 아들을 쓰다듬고 딸을 타일렀다.

보름이는 송수익 같은 양반이 어디 또 있는 모양이라고 생각했다.

"색실 그만 되작이고 얼른 밥이나 허소. 먼 길 오느라고 큰누님 얼마나 배고프겄어."

대근이가 색실을 매만지기에 정신을 팔고 있는 수국이에게 퉁을 놓았다.

"이, 얼른 밥 안쳐라. 잡곡 빼고 쌀밥 혀라, 쌀밥!"

감골댁이 일렀다.

"엄니이, 쌀밥은 무슨……."

"시끄럽다. 니 먹일 쌀은 있다."

감골댁은 보름이의 말을 무질러 버렸다.

논 귀한 무주 첩첩산골에 살면서 1년 열두 달 쌀밥이라고는 구경도 못했을 딸에게 아무리 궁하다 해도 잡곡밥을 먹일 수는 없었다. 명색이 들판에 있는 친정을 찾아온 딸이었다. 김 참봉의 음흉한 손길을 피해 아무것도 갖추지 못한 채 첩첩산골로 시집보낸 것을 생각하면 그때나 지금이나 가슴이 아렸다.

보름이는 방에서 나와 집 안을 둘러보았다. 집은 예나 다름없지만 멀리 떠난 오빠는 소식이 없고, 정분이가 시집가고 없는 집

은 어딘가 썰렁했다

"작은언니는 소식 있디야?"

보름이는 부엌으로 들어서며 아궁이에 불을 지피는 수국이에게 물었다.

"그냥 그리 산다등마."

"갸도 언제나 힘 피고 살아질랑고?"

"작은언니야 원체로 지독형게 엄니야 항시 큰언니 걱정이제."

"그려, 나가 엄니헌티 근심 단지다. 팔자가 궂어서……"

보름이의 목소리가 시름겨웠다.

"음마, 별소리 다 허네. 언니가 혼자된 것이 언니 팔자가 궂어서 간디? 다 세상이 지랄 같애서 그런 것이제. 진짜 팔자가 궂은 사람이야 오월이 언니제."

"오월이는 어찌 산다냐?"

"말도 마소. 그 언니 시방 오빠 생각으로 밤잠 못 자고 애가 탈 것이네."

"뜬금없이 무슨 소리여?"

보름이가 놀라 동생 쪽으로 후딱 고개를 돌렸다.

"참, 큰언니는 사진결혼 소식 모르제?"

"사진결혼?"

보름이는 의아스런 얼굴이 되었다

"하와이로 간 남정네들이 혼인을 헐라고 조선 처녀를 구허는디, 먼 뱃길을 올 수가 없응게 사진을 보내온 것이여."

"아니, 오빠가 인제 와서 오월이헌티 사진을 보냈단 말이여?"

"그게 아니고, 시방 처녀들이 사진을 보고 신랑감을 고르고 야단인디, 그동안 기다리지 못허고 시집가서 혼자된 오월이 언니가 얼매나 땅을 치겠능가?"

수국이의 말투는 곱지가 않았다.

"소식 한 장 없는디, 무슨 수로 처녀가 스물셋까지 시집을 안 갈 것이냐?"

보름이는 아궁이의 너울거리는 불길을 하염없이 바라보며 중얼거렸다. 호열자라는 괴질로 남편에 자식까지 잃은 오월이가 가엾고 딱하기만 했다.

저녁밥을 먹은 뒤에 수국이가 무주댁을 불러왔다.

"우리 보름이가 왔다고?"

반가운 소리와 함께 방문이 열렸다.

"아줌니, 그동안 편안허셨소?"

보름이와 무주댁이 손을 맞잡았다.

"이, 나야 그냥저냥 살제. 보름이는 아직도 꽃이시."

무주댁의 기미 낀 얼굴에는 그저 반가움이 넘쳐 나고 있었다.

"저리 앉으시게라."

보름이는 무주댁을 아랫목에 밀어다 앉혔다.

"요것 애기들 입이나 다시게 허라고……."

보름이는 보퉁이를 집어다 무주댁의 치마폭 위에 올려놓았다.

"아이고, 올 때마다 이러면 미안스러워서 어쩐당가? 나야 평생 자네 식구들헌티 뺨 맞고 살아야 될 못된 중신에미 아니드라고?"

무주댁은 보퉁이를 풀면서 말했다. 보퉁이에서 사탕 한 봉지가 나왔다.

"아이고 참말로 없는 논에 사탕이 다 뭣이여? 자네 덕에 우리 새끼들 살판났네."

무주댁의 눈에 물기가 번졌다.

"자아, 요것 맛 좀 보시게라."

무주댁이 사탕 하나를 집어 감골댁에게 내밀었다.

"어디, 아그들 갖다 주소."

감골댁이 고개를 내저었다.

"아, 아그들 입만 입이다요? 어른들 입도 입이제. 내가 먹고 싶어 못 살겄소."

무주댁은 또 하나를 집어 들었다.

"수국이 니도 하나 먹고."

무주댁이 수국이에게 사탕을 내밀었다.

"여기도 사람 있구만이라."

윗방의 사잇문을 통해 들려온 소리였다.

"이, 총각이 거기 있었구마. 자네도 건너와 하나 먹소. 우리끼리 헐 얘기도 있고 헝게."

"아이고 저 뻔뻔한 것 좀 보소."

감골댁은 쯧쯧쯧 혀를 찼다.

"아줌니 인심이야 항시 후헝게."

대근이가 문지방을 넘어섰다.

그들은 사탕을 하나씩 입에 물고 둘러앉았다. 방은 좁고 관솔불 빛은 흐렸지만 따사로운 정은 끈적하게 배어나고 있었다.

"헐 얘기란 것이 좋은 얘기요, 궂은 얘기요?"

대근이가 이야기를 독촉하듯 무주댁에게 물었다.

"무슨 일인고 허니, 일남이 아부지가 그저께 밤에 살짝 댕겨갔당마요."

"음마, 철길 공사장서 풀어 줬등가?"

감골댁이 놀라움을 나타냈다.

"엄니도 참, 그냥 풀려난 사람이 밤에 살짝 왔다 갔겄소?"

대근이의 낮은 목소리가 짜증스러웠다.

"자네 말이 맞네. 왜놈들 몰래 도망 나왔다는 것이여."

"혼자라등게라?"

대근이가 바짝 다가앉았다.

"그건 잘 모르겄고, 의병을 찾아간다던디, 의병들이 아직 산에 살아 있을랑가 몰라?"

무주댁이 불안한 얼굴로 말했다.

"살아 있응게 찾아 들어가는 것 아니겄소?"

대근이의 말에 힘이 짱짱했다.

"그동안 서로 연락이 오가고 그랬을랑가?"

무주댁의 불안한 얼굴이 다소 풀리고 있었다.

"아마 그랬을 것이오. 의병이야 예사 사람들이 아닝게요."

남편의 생사를 걱정하고 있는 무주댁의 마음을 헤아리며 대근이는 자신 있게 대답했다.

"살았으면 소식이나 전헐 일이제."

무주댁이 진한 한숨을 내쉬었다.

"일남이 엄니 무슨 일 안 당헐랑가 모르겄네."

수국이가 울상을 지었다.

"왜놈들헌티 또 머리끄뎅이 잽혀 뺑뺑이를 쳐도 어쩌겄냐? 다 열 많은 남편들 얻은 팔자소관이제. 일남이 엄니는 우리 만복이 아부지가 일남이 아부지를 버려 놨다고 원망허는 눈치든디, 일남이 아부지가 세 살 먹은 애도 아니고, 누가 누구를 버려 놓고 말고 헐 것이여? 이래저래 속 터져 못 살겄당게."

무주댁은 빨고 있던 사탕을 마구 씹었다.

"의병 싸움으로 가망이 없으면 인제 처자식 데리고 어디로 떠서 살아갈 방도를 구해야 될 일 아니라고? 인제 의병은 사그러드는 불씬디."

감골댁은 갑오년 때의 일을 생각하며 마음 무겁게 말했다.

"요런 어지러운 세상을 탈 없이 살자면 초라니 임 샌 같어야 허는디, 우리 만복이 아베고 일남이 아베고 다 눈치 없고 미련허기가 곰이랑게라."

초라니 임 샌이란 약고 눈치 빠른 임덕구를 말하는 것이었다. 임덕구는 의병에 가담하지 않은 채 죽은 듯 숨죽이고 살고 있어 아무 피해가 없었다.

"아줌니, 고생스럽고 속상헌다고 그리 말허지 마시게라. 초라니 임 샌은 만복이 아부지나 일남이 아부지 발샅에 때만치도 못허요."

대근이의 말은 거침이 없었다.

"아이고, 저놈의 입. 어디 임 샌만 그리 살더냐? 세상 다 제각각 사는 것잉게 냅둬라."

감골댁은 맵게 아들을 꾸짖었다. 서당을 다닌 다음부터 뼈가 생기기 시작한 아들의 말이 행여 탈이 될까 무서웠던 것이다.

"허기야 지게를 거꾸로 지고 갯바닥으로 나가든, 뜨건 밥 찬물에 말아 먹고 체허든 다 지 맘이제라. 근디 눈치 빠르게 요리조리 피해 산다고 어디 천 년 만 년 살아지간디요?"

대근이는 슬그머니 고개를 돌리며 코웃음을 쳤다.

"그나저나 일남이 아부지가 다녀갔다는 소문이 나면 안 좋을 것인디."

감골댁은 조심스럽게 말을 돌렸다.

"하면이요, 여기서나 헐 얘기제라. 일남이 엄니보고도 입에 돌 덩이 달고 있으라고 일렀구만이라우."

감골댁의 말뜻을 알아들은 무주댁의 대꾸였다.

"일남이 아부지가 그 지독헌 철도 공사장서 도망친 것만도 장 헌 일이구만이라."

대근이의 말이었다.

"오면서 봉게 날도 추운디 공사허느라고 사람들이 애쓰더라. 대 근이 니는 괜찮으냐?"

보름이는 대근이에게 눈길을 돌렸다.

"치, 내가 양반집 자식도 아니고 부잣집 자식도 아닌디 괜찮을 리가 있었어? 진작에 며칠 다녀왔고, 언제 또 끌려갈지 모르제."

대근이가 쓰게 웃었다.

23

지반 다지기

"면장님 나리, 부르셨는게라우."

사무실로 들어선 장칠문이 거수경례를 올려붙였다. 그는 순사
제복에 칼을 차고 있었다.

"요새 낮잠 자고 댕기는겨, 술타령허고 댕기는겨?"

백종두는 본 체도 안 하며 말을 던졌다.

"나리가 시키신 일은 날마다 발에서 불이 나게 허고 있구만이
라우."

"체, 말은 청산유수시. 열성으로 허는디 아직 아무 소식이 없어!"

백종두가 책상을 쾅 내리쳤다. 장칠문은 흠칫 놀라 더 빳빳한
부동자세가 되었다.

189

"자네 정신 차리고 들어. 그 일은 황해도나 평안도서만 일어날 일이 아니라 여기 전라도에도 얼마든지 일어날 수 있어. 자네도 전라도 물건들이 얼마나 질기고 독허고 맵고 짠지 잘 알제? 통감부서 남한 대토벌로 전라도 땅을 그리 세게 닦달을 안 혔으면 지금도 두 다리 뻗고 못 잘 것이여! 근디, 화적떼가 많이 죽었다고 다 끝난 것이여? 요 맵고 짠 전라도 것들이 또 때가 오기를 기다리면서 죽은 듯이 숨었다 그것이여. 고런 놈들을 쏙쏙 뽑아 씨를 말리란 것이 총독부 엄명이여, 엄명!"

백종두는 또 책상을 내려쳤다. 백종두가 말하는 '그 일'이란 안중근의 사촌 동생 안명근이 총독 암살 계획을 세웠다가 탄로 나면서 황해도 일대의 민족주의자들을 모두 검거한 '105인 사건'이었다. 그 사건을 빌미로 총독부에서는 반일 의식을 가진 사람을 색출하라는 명령을 전국에 내렸다.

"자네 평생을 순사보로 늙어 죽을 생각은 아니겄제?"

"야아……."

"그러면 공을 세워야 혀, 공을!"

"알겄구만요, 면장님 나리."

장칠문이 오른쪽 다리를 옆으로 들었다가 착 붙이며 기운차게 외쳤다.

며칠 뒤, 신세호는 순사들에게 기습을 당했다. 그는 아이들에게 글을 가르치고 있었다.

"신세호, 나왓!"

순사 하나가 조선말로 외쳤다. 장칠문이었다. 그는 총을 들고 있었다.

"무슨 일이오!"

놀라 얼굴에 핏기가 가시긴 했지만 신세호는 똑바로 앉아 말을 받았다. 아이들이 겁에 질려 저희들끼리 몸을 붙이며 웅크렸다. 거기 방대근이도 끼어 있었다.

"무슨 일인지는 주재소에 가면 알 것이고, 얼른 나왓!"

그러나 장칠문은 상대방이 나오기를 기다리지 않고 방으로 뛰어들었다. 그 바람에 아이들이 방구석으로 밀렸다.

"무슨 짓이오! 사람을 잡아가려거든 먼저 연유를 밝혀야지."

신세호가 몸을 벌떡 일으키며 소리쳤다. 연약하게 생긴 얼굴에 공포의 빛이 역연했다.

"죄진 놈이 뭐 잘났다고 주둥이 까고 지랄이여, 얼른 나가!"

장칠문이 개머리판으로 신세호의 등을 떠밀었다.

"기다리시오. 의관을 갖출 것이니."

신세호는 몸을 돌리려 했다.

"헹, 양반 찌끄레기라고 이 다급헌 판에도 의관 타령이여? 죄인은 맨상투 바람이 격에 맞을 것이여. 잡새끼, 얼른 나가!"

장칠문은 구둣발로 신세호의 허리를 사정없이 내질렀다.

신세호는 비명을 토하며 몸이 휘청 꺾였다. 그는 툇마루에 곤두박이는 것을 가까스로 모면하고 버선발로 토방에 내려섰다. 순사 둘이 그의 팔을 뒤로 꺾어 쇠고랑을 채웠다.

"빨리 방 안을 검색해."

일본 순사가 장칠문에게 명령했다.

장칠문은 방 안을 뒤지기 시작했다. 살림이 넉넉지 못한 양반의 공부방답게 값나가는 가구는 없고 책과 신문지가 쌓여 있을 뿐이었다. 장칠문은 구둣발을 저벅거리고 다니며 책을 뒤졌다. 열서너 명의 아이들은 방구석에 몰려서 장칠문이 걸음을 옮길 때마다 움찔거렸다.

"찾았습니다."

장칠문은 서너 권의 책을 들고 방을 나서며 일본 순사에게 책을 넘겼다.

신세호는 곁눈으로 책을 살피고는 눈을 질끈 감았다. 예상이 적중했던 것이다.

"됐다. 가자!"

일본 순사가 걸음을 떼어 놓았다.

"선생니임……."

아이들이 방에서 우르르 쏟아져 나오며 울음 섞인 소리로 외쳤다.

"개자식, 조선 놈이!"

아이들 뒤에서 방대근은 입술을 앙다물고 서 있었다.

신세호는 고개를 숙이고 걸었다. 아이들의 붓글씨를 보아주다가 옷을 버릴까 봐 의관을 갖추지 않았던 게 후회스러웠다. 그리고 사람으로서 지켜야 할 기본예절마저 짓밟아 버리는 왜놈들의 횡포에 분노했다. 하지만 분노와는 다르게 가슴에는 두려움이 가득했다.

신세호는 죽기를 작정하고 나선 송수익의 용맹이 새삼 부러웠다.

주재소에 도착하자마자 신세호는 주재소장 앞으로 끌려갔다.

"네놈이 신세혼가!"

소장이 몸을 발딱 일으켰다.

신세호는 눈에다 힘을 모았다.

"이놈이 감히 누굴 쏘아봐! 반항하는 거야?"

허공을 찢는 날카로운 소리와 함께 싸리 회초리가 신세호의 옆얼굴을 후려쳤다. 신세호는 눈에서 불이 번쩍했다. 그와 동시에 울컥 솟는 비명을 깨물었다.

"이놈도 악질이구만. 바닥에 꿇어앉혀!"

통변 노릇을 겸하고 있는 장칠문에게 소장이 명령했다.

장칠문이 신세호를 일으켜 세워 소장의 의자 옆 마룻바닥에 꿇어앉혔다.

"미리 말해 두겠는데, 묻는 말에 순순히 답해. 괜히 골병들지 말고."

소장은 담배에 불을 붙이고 나서 나직한 소리로 말했다.

"신세호, 너 신민회 소속이지?"

소장이 의자를 뒤로 빼며 물었다.

"신민회요……?"

"이놈아, 모르는 척하지 말엇! 신민회 소속이 맞지?"

소장의 눈이 독을 내뿜었다.

"아닙니다. 신민회가 뭡니까?"

"닥쳐, 이 자식아."

소장이 구두코로 신세호의 무릎을 내질렀다.

"아이쿠!"

신세호의 무릎 꿇은 몸이 들썩 들렸다가 내려앉았다. 그 순간 신세호는 신민회가 무엇인지 깨달았다. 얼마 전 신문에서 본 기억이 떠올랐던 것이다.

"좋은 말로 할 때 실토해. 네놈이 실토하게 하는 고문이야 얼마든지 있으니까."

소장은 담배 연기를 신세호의 얼굴에 훅 내뿜고는, "너 신민회원이지!" 하고 버럭 소리쳤다.

"아니라니까요. 난 신민회가 뭔지도 모르오."

신세호는 올가미를 피하려는 듯 고개까지 내저었다. 신민회원으로 잘못 얽혀 들었다가는 꼼짝없이 감옥살이를 할 판이었다. 신민회는 총독 암살을 도모했다 하여 그 회원을 전국적으로 검거하고 있었다.

소장의 주먹이 신세호의 얼굴을 후려쳤다. 신세호의 고개가 뒤로 넘어갔다가 되돌아왔다. 왼쪽 코에서 피가 흘렀다.

"증거가 있는데도 아니야? 죽고 싶지 않으면 바른대로 대."

"증거를 보이시오."

"봐라, 이거다."

소장이 신채호의 소설집 『성웅 이순신』과 『을지문덕』을 불쑥 내밀었다.

"아니, 그게 증거요?"

그 억지에 신세호는 그만 비웃음이 나오려고 했다. 일종의 자신감이기도 했다.

"이 자식이 누굴 바보로 아나! 이 신채호란 놈이 신민회 간부고, 그놈은 조선 독립을 목적으로 이런 불온한 책을 썼고, 네놈은 서당 아이들한테 이 불온서적을 읽혀 조선 독립의 불온사상을 고취시키고 반일 사상을 주입시켰단 말이야. 이래도 거짓말을 하겠나!"

신세호는 가슴이 와르르 무너졌다. 듣고 보니 자신은 영락없이 신민회 회원이었다. 그러나 신채호라는 분이 신민회 간부라는 것은 까맣게 모르고 있었다.

"난 신민회가 뭔지도 모르고, 그 책은 장터에서 산 거요."

신세호는 코피가 번진 입으로 부르짖었다.

"그래? 그럼 이 책이 총독부령으로 정해진 금서라는 것도 몰랐나?"

"그렇소."

신세호는 책을 빌린 사실을 숨긴 것처럼 판금 조처도 모르는 척했다.

"이놈도 보기보다 독종이야. 때리면 힘만 드니까 자백할 때까지 찬물 퍼부어."

소장이 부하들에게 명령했다.

신세호는 주재소 뒤뜰로 끌려가 잎이 다 떨어진 감나무에 묶였다. 저녁 어스름을 타고 추위는 심해지고 있었다.

신세호를 묶은 두 일본 순사가 담배를 피워 물었다. 그때 물통을 든 장칠문이 나타났다.

"대가리부터 퍼부어."

순사 하나가 장칠문에게 턱짓했다. 장칠문은 물통을 불끈 들어 신세호의 머리 위에 쏟아부었다.

"빨리 또 떠 와."

순사의 말에 장칠문이 부산하게 사라졌다.

신세호는 막힌 숨을 토했다. 찬물을 뒤집어쓴 순간 머리를 친 것은 죽음이었다.

"얼어 뒤지기 전에 입 열어."

장칠문이 두 번째 물통을 뒤집으며 내뱉었다. 신세호는 또다시 죽음을 느꼈다.

장칠문은 찬물을 퍼부을 때마다 점점 더 신명이 올랐다. 몸이 얼어붙기 시작하면 제아무리 독한 놈이라도 실토하지 않고는 못 배길 거라는 기대에 마음이 설레기까지 했다.

'저놈이 입을 열기만 하면 내 팔자는 편다. 순사보에서 정식 순사가 되는 것이야 하루아침이다. 정식 순사가 되기만 하면……'

이런 생각을 하며 장칠문은 가슴이 설레다 못해 벌떡거렸다.

한편 신세호의 아내 김 씨의 연락을 받은 신씨 문중에서는 문중회의를 열었다.

그 시각에 얼음덩이가 된 신세호는 완전히 정신을 잃고 말았다. 흩어진 머리카락이며 옷 끝에는 실고드름이 맺히고, 살얼음 낀 얼굴은 파랗게 죽어 있었다.

"빨리 끈 풀어. 이러다가 죽으면 큰일 난다. 빨리 해, 빨리."

일본 순사가 장칠문을 다그쳤다.

끈을 풀었지만 온몸이 얼어붙은 신세호는 나무토막이나 다름없었다. 장칠문이 업고 일본 순사가 옆에서 붙들고 해서 신세호는 주재소 안으로 옮겨졌다.

신세호는 새벽녘에야 깨어났다. 오한으로 턱이 덜덜거리고 온몸이 푸들푸들 떨렸다. 그는 떨리는 것을 막으려고 몸을 오그리며 자신이 살아 있다는 것을 의식했다.

신씨 문중 사람들이 아침 일찍 주재소로 몰려들었다. 나이 많은 사람은 앞에 서고 젊은 사람이 뒤를 받친 그들은 50여 명을 헤아렸다. 죽산면에 사는 신 씨뿐만 아니라 이웃 김제와 진봉·성덕면 사람들까지 모였다.

주재소 소장은 뒤늦게 연락을 받고 헐레벌떡 뛰어왔다.

'양반은 조선 500년 지배층인 동시에 현재의 지주이고 현실 세력이다. 그들은 자기네 가문의 위신이 손상되었다고 생각하면 곧바로 집단행동에 나선다. 조선 지배의 성패는 양반 계층을 어떻게 회유하고, 얼마나 능란하게 타협하느냐에 달렸다 해도 지나치지 않다. 따라서 양반을 대할 때 예절을 잘 지켜야 하고……'

조선으로 오기 전, 오사카에서 교육받은 내용이 빠르게 스쳤다. 그러나 일은 이미 저질러졌고 물증도 확보되어 있었다. 만약 신민회 회원이 아니라 해도 판금 서적을 학동들에게 읽어 준 것만으로도 반일 사상을 고취시킨 범행으로 얼마든지 몰 수 있었다.

'양반 놈들에게 위신과 체면이 있다면 대일본 제국의 순사에게도 위신과 체면이 있다.'

소장은 이런 생각과 함께 전의를 가다듬었다.

"자, 흥분하지 마시고 내 얘기를 들어 보시오. 여러분께서 오신 것은 자세한 내막은 모르고, 신씨 집안을 모욕한 것으로 오해했기 때문인 것 같습니다. 하지만 우리 경찰은 물증을 가지고 정당한 수사를 할 뿐입니다. 따라서 여러분의 집단 행위는 경찰 업무를 방해하는 죄가 되고, 해산하지 않으면 경찰력이 동원되는 불행한 일이 발생하게 됩니다. 그런 사태를 막기 위해 나는 여러분의 대표에게 물증을 보이고 범행을 설명할 용의가 있습니다."

여기서 말을 끊은 소장은 웃음기 서린 부드러운 얼굴로 모여선 사람들을 둘러보았다. 그의 양쪽 옆에는 부하들이 집총자세로 서 있었다.

사람들이 술렁거렸고, 앞에 선 노인들이 낮은 소리로 이야기를 주고받았다.

"좋소이다. 우리 세 사람이 물증을 보고, 신세호도 만나 보겠소."

흰 수염 노인이 앞으로 나섰다. 다른 두 노인이 뒤따라 앞으로 나섰다.

"예, 그렇게 하지요. 그럼 저 사람들을 해산시켜 주시오."

소장이 턱짓으로 나머지 사람들을 가리켰다. 일이 의외로 쉽게 풀려 그는 스스로의 능력에 적이 만족하고 있었다.

"그것은 안 될 일이오. 우리 눈으로 물증과 신세호를 보기 전에는 해산을 못하외다."

흰 수염 노인이 완강하게 고개를 저었다.

"아니, 우리 경찰을 못 믿겠다는 거요?"

소장은 발끈 화를 냈다.

"저 사람들이 난동을 부릴 것이 아닌즉 우리가 할 일을 못헐 것이 없소. 더군다나 당신네 경찰이 당당헌 바에야 더 말헐 것이 없지 않소이까?"

흰 수염의 노인은 범접하기 어려운 근엄함으로 소장을 몰아붙이고 있었다.

소장은 그만 난감해졌다. 이긴 싸움인 줄 알았는데 싸움은 비로소 시작이었다.

"좋소, 세 사람만 들어오시오."

세 노인이 소장을 따라 주재소로 들어가고, 나머지 사람들은 웅성거렸다.

"이게 바로 물증이오."

소장은 책상 서랍에서 책을 꺼내 책상 위에 던지듯 했다.

두 사람이 서둘러 책을 한 권씩 집어 들었다.

"아니, 이건 이야기책 아니오? 이야기책을 본 것이 죄가 된다는 것이오?"

흰 수염 노인의 눈에 노여움이 드러났다.

"모르는 소리 마시오. 그 책을 쓴 신채호라는 자는 반일 비밀단체인 신민회의 간부로 체포령이 내려져 있고, 그자는 반일 독립사상을 고취하려고 책을 썼단 말이오. 그런데 신세호는 학동들에게 그 책을 읽어 주면서 반일 사상을 주입시키고 조선 독립을 선동했단 말이오. 이래도 할 말이 있소!"

소장의 자신만만한 말이었다.

세 노장은 말문이 막히고 말았다.

"이제 됐으니 물러가시오."

소장은 수세에 몰린 적을 숨 돌릴 겨를 없이 몰아치고 있었다.

"이런 일은 한쪽 말만 들어서 될 일이 아니니, 신세호를 만나게 해 주시오."

일이 끝난 줄 알았는데 다시 걸고 들자 소장은 그만 울화통이 터졌다.

"수사가 다 안 끝났으니 범인은 만날 수 없소. 그만 돌아가시오."

"좋소이다. 그리 식언을 허면 우리도 해산이고 뭐고 못허는 것이오."

흰 수염 노인이 의자를 차지하고 앉았고 다른 두 노인도 의자를 하나씩 끌어다 앉았다.

소장은 반격을 생각했다. 그러나 마음만 급할 뿐 그들을 물리칠 마땅한 방법이 떠오르지 않았다. 눈앞에 버티고 앉은 세 노인만

문제가 아니었다. 밖에는 50여 명의 사람들이 진을 치고 있었다.

"당장 나가시오! 수사가 끝나기 전에는 범인 면회를 시키지 않는 게 원칙이오."

소장은 구둣발로 마룻장을 구르며 기세를 돋우었다.

"그러면 신세호를 만나게 해 준다는 약조는 왜 했소? 약조를 지키시오."

꼿꼿하게 앉은 흰 수염 노인은 소장을 거들떠보지도 않은 채 공격하고 있었다.

소장은 자신의 경솔을 후회했다. 처음에 물증 확인만으로 못을 박아야 했던 것이다. 양반 떼거리의 기습을 모면할 생각만 앞서 상대방의 말을 소홀하게 받아넘긴 것이 불찰이었다.

신세호를 그들과 대면시킬 수 없는 까닭은 두 가지였다. 신세호는 보나 마나 그들에게 자신이 신민회 회원이 아니라고 주장할 테고, 그의 몰골은 고문당한 흔적이 너무나 뚜렷했다. 그것을 트집 잡아 말썽을 일으킬 것이 뻔했다.

"당신들, 수사 방해가 얼마나 큰 죄가 되는지 알아! 좋은 말로 할 때 당장 나가."

소장은 크게 소리치며 문 쪽으로 팔을 뻗쳤다. 그의 얼굴은 험상궂게 구겨져 있었고, 눈은 살기를 품고 있었다.

"좋소이다, 약조는 당신이 깨고 우리보고 죄인이라? 어디 맘대로 해 보시오."

흰 수염 노인은 겁을 먹기는커녕 오히려 수염을 쓰다듬으며 앉음새가 더 단단해졌다.

소장은 소리를 치면서도 점점 초조해졌다. 마음이 다급해지자 그들을 물리칠 묘안은 더 떠오르지 않았다.

그때 전화가 울렸다.

"소장님, 전화 왔습니다. 면장님이십니다."

부동자세가 된 순사가 두 손으로 수화기를 받들어 올렸다.

소장은 달갑잖은 기분으로 수화기를 받아 들었다. 전화를 받을 기분이 아닌 데다, 턱없이 거드름을 피우는 백종두라는 위인도 마음에 들지 않았던 것이다.

"여보세요, 주재소장입니다."

"아, 나 면장인데 별일 없소?"

마뜩찮은 소장의 목소리에 비해 백종두의 목소리는 밝았다.

"예, 별일 없어요."

소장은 직감적으로 이자가 무슨 냄새를 맡았나 생각하면서도 시침을 뗐다.

"신가들이 다 모여들어 주재소를 둘러싸고 야단났는데도 별일이 없단 말이오?"

수화기에서 흘러나온 백종두의 말은 날카로운 대꼬챙이가 되

어 소장의 귀청을 찔렀다.

소장은 짜증과 함께 오기가 솟아올랐다.

"그까짓 놈들, 내가 다 알아서 처리하겠소."

"그야 당연하지요. 소장이 책임져야 할 업무니까. 헌데 한 가지 분명히 할 것은 잡아 온 놈을 쉽게 풀어 줘선 안 된다는 거요. 우리 면에서 반일배를 근절하는 것은 내 책임이기도 하니까."

전화가 끊겨 버렸다.

소장은 느닷없이 면상을 얻어맞은 기분이었다.

"바깥에 있는 사람들 춥소이다. 어서 사람을 만나게 허시오."

흰 수염의 노인이 묵직한 어조로 다시 말했다.

"시끄럽소. 어디 당신들 멋대로 해 보시오. 나도 다 생각이 있으니까."

소장은 꽥 소리를 지르며 옆에 차고 있던 칼을 반쯤 뽑았다가 도로 넣었다.

"뭣이라고? 눈치를 보니 사람을 우리 앞에 내놓지 못헐 만치 매질을 헌 모양이구나. 어디 봐라, 우리 멋대로 헐 것이니!"

흰 수염의 노인이 의자에서 몸을 일으키며 언성을 높였다. 그 얼굴에 노기가 이글거렸다.

한편 백종두는 직원 둘을 주재소 쪽에 보내 놓고 사태가 악화되기를 기다리고 있었다.

"나리, 신 씨들이 주재소 안으로 밀고 들어가는디 순사들이 적어 밀리고 있구만요."

사무실로 뛰어든 한 직원의 보고였다.

"순사들이 밀린다고?"

백종두는 속으로 고소해하며 몸을 일으켰다. 일이 자신의 바람대로 되어 가고 있었다.

백종두가 주재소 쪽으로 걸어가고 있을 때, 탕 총소리가 울렸다. 백종두는 주춤 멈춰 섰다. 사정이 아무리 급해도 소장이 바보가 아니고서야 진짜 사격은 하지 않았으리라 생각했다.

예상대로 그건 공포였고, 주재소에는 신 씨들과 순사들이 팽팽하게 대치해 있었다.

"물러서시오, 물러서. 면장님 나리 나오시는디 물러서."

면직원이 소리를 높이며 사람들을 헤치기 시작했다. 사람들이 길을 틔우며 웅성거렸다.

"에, 내가 보기로는 아무리 죄를 졌어도 좋게 푸는 방도가 있소. 이리 완력으로 허면 양반 체면도 깎이고 일도 꼬이는 법이오. 나는 일이 잘 풀리기를 바라고 또 면장 권한으로 쉽게 풀 수도 있소. 그쪽도 그럴 맘이 있으면 대표를 뽑아 면장실로 오시오."

백종두는 신씨 문중 사람들에게 이렇게 말하고는 그대로 주재소를 나가 버렸다. 주재소장하고는 한마디도 나누지 않았다. 누가 보아도 그가 주재소장보다 높아 보였다.

신씨 문중 사람들은 끼리끼리 의견을 주고받느라 소란스러웠다.

아까의 세 노인이 다시 면장을 만나기로 했다.

"아, 오셨구만요. 일로 앉으시오."

백종두는 정중하고 친절하게 세 노인을 맞았다.

"저를 찾은 어르신들 맘 다 아니까 얘기가 길어질 것도 없구만요. 딱 잘라 얘기허자면 잡혀 온 사람을 속히 풀어내는 것 아닐랑가요?"

백종두는 일부러 상대방의 맘속에 든 말을 먼저 해 버렸다.

"요지는 그렇소."

흰 수염 노인의 대꾸였다.

"그러면 됐구만요. 잡혀 온 사람 죄가 얼마나 크든지 나헌티 하루만 여유를 주시면 딱 풀려나게 허겠구만요. 주재소장 맘 돌릴 궁리를 혀야 헝게요. 어찌 생각허시능가요?"

세 노인은 서로를 바라보았다.

"그 말을 어찌 믿소?"

"신씨 문중에 거짓말혀서 면장 자리 지킬 수 있었능게라?"

백종두는 계속 그들의 급소를 골라 찌르고 있었다.

세 노인은 다시 눈길을 주고받았다.

"소장이 매질을 헌 모냥인디, 더는 몸 상허게 해서는 안 될 것이오."

"하먼이요. 인제부터 터럭 끝도 못 다치게 허겄구만이라."

"긴말 않겄소. 내일이오."

흰 수염의 노인이 무겁게 몸을 일으켰다. 두 노인도 뒤따라 일어났다.

"안심허고 가서 쉬시지요. 진작에 내가 알았으면 요런 고생을 안 혔을 것인디……."

백종두는 또 예절 바른 태도로 세 노인을 사무실 밖에까지 배웅했다.

"으하하하하…… 어허허허허……."

뒷짐을 진 백종두는 마구 웃어 젖혔다.

'이놈들아, 네까짓 것들이 양반이면 별수 있느냐? 결국 날 찾아와 머리를 숙이지 않았느냐? 네놈들이 일단 은혜를 입었으니 앞으로 두고두고 갚아야 해.'

백종두는 통쾌한 승리감을 맛보고 있었다.

웃음소리 속에 전화벨이 울렸다.

"나 소장이오. 저것들이 그냥 돌아가고 있소. 어떻게 했소?"

"놀랄 것 없소. 범인이나 더 때리지 말고, 점심이나 함께합시다. 내가 한턱내겠소."

백종두는 먼저 전화를 끊었다.

24

번뇌의 불

봄이 오고 있었다. 하늘빛도 아늑해졌고 땅도 포근해졌다.

"아직 물이 찬데……."

홍 씨는 치마를 여미고 앉으며 개울물에 손을 담갔다.

"보살님, 물이 찬지 알면서 왜 손을 담그고 그런당게라?"

빨래를 주무르던 아기중이 나무라는 투로 말했다.

"스님, 손 시린데 내가 허면 어떻겠소?"

홍 씨의 조심스러운 말이었다.

"아니구만이라우. 중이 속인헌티 옷은 얻어 입어도 빨래를 맡기는 법이 아닌디요. 중이 제 빨래 제가 허는 것도 수행잉게요."

빨래를 움켜잡은 아기중은 정색을 하고 도리질을 했다.

"참말로, 달통헌 법사님 법문이 따로 없소."

홍 씨는 눈을 크게 뜨며 놀랍다는 표정을 짓고는, "스님, 이 중생을 제도 좀 혀 주시오." 하며 가까이 다가앉았다.

"아이고메, 제가 무슨 스님이어라. 행자 중에서도 제일 끝에 매달린 풋행자인디요."

아기중은 깜짝 놀라며 물러나 앉았다.

"아니, 스님보고 어려운 독경허라는 것도 아니고, 번뇌 삭일 법어 내리라는 것도 아닝게 걱정 안 해도 되능마요. 내가 살짝 알고 싶은 일이 있는디 그것만 말해 주면 되겠소."

주위를 빠르게 살피는 홍 씨의 목소리가 낮아지고 있었다.

"고것이 무슨 일인디요……?"

이상한 낌새를 챈 아기중이 홍 씨를 바라보며 맑은 눈을 깜박거렸다.

"저…… 여기 계시던 의병 대장님 말이오, 그 어른이 어디로 가셨는지 아시오?"

홍 씨는 얼굴이 붉어지며 낮은 소리로 물었다.

"고것을 알면 보살님 맘이 제도가 되는게라? 근디 어쩌지라? 저도 잘 모르는디요. 지팡이 안 짚어도 되게 다리가 낫자 의병들허고 떠났는디, 어디로 간다는 말은 없었구만요."

"언제 또 오신단 말씀 없으셨소?"

홍 씨의 눈 가장자리에 수심이 어렸다.

"야아, 인연이 남았으면 또 만나자고 허셨구만이라우."

"오시면 언제나 오실랑가……?"

홍 씨는 눈길을 떨구며 가느다란 소리로 중얼거렸다.

"그 어른헌티 전헐 얘기를 글로 적어 주시면 제가 잘 간수했다가 전헐 것인디요."

아기중은 홍 씨의 얼굴을 올려다보듯 고개를 갸웃하게 틀어 올리며 말했다.

홍 씨가 아기중을 바라보며 고개를 보일 듯 말 듯 저었다.

아기중은 개울물을 내려다보았다. 그때 번뜩 떠오르는 생각이 있었다.

"이, 공허 스님이 있구만요, 공허 스님!"

"공허 스님……?"

"야아, 공허 스님도 의병인디 여기 자주 오시능마요. 공허 스님 헌티 부탁허면 그 어른을 만나실 수 있구만이라."

홍 씨의 얼굴이 밝아지는 듯싶더니 이내 어두워졌다.

"아니오, 장헌 일 허시는 분들인디 그래서는 못쓰요."

홍 씨는 분명하게 고개를 저었다.

"보살님, 요번에는 며칠 불공이신디요?"

"삼칠일 불공 드릴란디요."

홍 씨는 빨래를 박박 문지르며 대답했다.

"삼칠일? 와아, 그러면 되었다! 보살님이 그리 오래 불공을 드리고 계시면 그 어른을 만나게 된당게라."

아기중이 갑자기 소리쳤다.

"아이고, 누가 들겄소."

빠르게 주위를 살피는 홍 씨의 얼굴이 부끄러움에 달아올랐다. 삼칠일재를 올리는 스무하루 동안 절에 머물게 되면 인연의 끈이 이어지지 않으랴 하는 애타는 기대를 품고 있었다.

홍 씨는 마음의 괴로움을 짜내듯 빨래를 힘껏 쥐어짰다.

"때가 다 졌는지 모르겄소."

홍 씨는 시원스럽게 빨래를 털어 댔다.

"먹물까지 다 빠져 부렀는디라."

아기중이 만족스럽게 웃으며 몸을 일으켰다. 그리고 빨래를 휘두르며 달려가기 시작했다.

홍 씨는 아기중의 뒷모습을 물끄러미 바라보다가 개울을 따라 올라갔다. 얼마 걷지 않아 홍 씨는 몸을 움츠렸다. 그분과 마주쳤던 자리가 나타난 것이다. 그저 무심하게 옮긴 발길이었다. 그런데 자신은 그분이 걸어 내려왔던 자취를 따라 걷고 있었던 것이다.

홍 씨는 손바닥으로 가슴을 누르며 가만히 한숨을 내쉬었다. 그때 느꼈던 감정이 생생히 되살아나고 있었다.

"공허 스님, 어디 계시다 인제 오시는게라? 날마다 눈이 빠지게 기다렸는디요."

아기중은 공허에게 매달리며 반가워 어쩔 줄 몰랐다.

"배곯은 강아지 쥔 보고 날뛰듯이 어째 이리 소란이냐? 딴 때는 물 한 사발 떠오라 해도 주둥이부터 10리나 내밀던 놈이."

공허가 휘적휘적 걸어가며 내던진 말이었다.

공허 뒤에는 총을 든 네 사람이 따르고 있었다. 그 가운데 철도 공사장에서 도망쳐 나온 손판석도 있었다.

"스님, 그것이 아니고라, 긴허게 드릴 말씀이 있는디요."

아기중은 공허를 올려다보고 종종걸음을 치며 말했다.

"이놈아, 어여 말혀!"

"저어…… 어떤 보살님이 천년장수님을 만나고 싶어 허는디요."

"이놈아, 니 시방 꿈꾸냐?"

공허의 큰 주먹이 아기중의 머리에 알밤을 먹였다.

"아이고메, 머리빡 깨지네."

아기중은 두 손으로 머리를 싸잡으며 엄살을 떨고는, "스님은 말도 다 안 들어 보고 어째 사람을 패고 그러요? 스님만 의병질 허는지 아시오. 그 보살님 남편도 의병 허다 죽었단 말이오."

아기중은 공허 옆을 졸졸 따라가며 카랑카랑하게 말하고 있었다.

"고것이 무슨 소리여?"

공허가 걸음을 멈추었다. 보살의 남편이 의병이었다는 말이 마음을 붙든 것이다.

아기중은 송수익이 시를 보낸 일이며 홍 씨에 대한 일을 다 이야기했다.

공허는 주지승과 함께 앉아 세상 돌아가는 이야기를 하던 끝에 아기중에게 들은 보살 이야기를 꺼냈다.

"소승은 어찌허는 것이 좋을지 모르겠구만요. 스님 생각은 어떠신가요?"

주지승은 느리게 눈을 내리감았다.

"그 보살이 무슨 똑별난 얘기를 헐라고 만나려는 것 같지는 않소. 그저 만나 보려는 마음인 것이제."

주지승이 공허를 건너다보며 담담하게 말했다.

"어째야 좋을랑가요?"

"그 마음이 설법으로 다스려지는 것도 아니고 염송으로도 꺼지지 않는 병인 번뇌의 불이오. 만나게 다리를 놓으시오."

주지승의 담담한 말이었다.

"송 대장이 싫다고 헐지도 모르는디요?"

"보시허라 이르시오."

주지승이 담담하게 말했다.

"그 보살 사람 보는 눈이 솔찬허구만요. 송 대장을 맘에 둔 것 봉게로. "

"인연이야 뜻대로 되는 것이 아니고 남녀 인연은 더 기묘헌 법이오. 제 번뇌는 결국 제가 다스릴 길밖에 없소."

주지승은 눈을 내리감으며 홍 씨가 왜 탈상 때보다 날을 더 길게 잡아 불공을 드리려고 왔는지 뒤늦게 헤아리고 있었다.

아기중은 잠이 깨자마자 공허의 방으로 달려갔다. 방은 텅 비어 있었다. 의병들과 함께 벌써 떠나 버린 것이었다. 아기중은 너무 허망하고 난감하여 마루에 털퍽 주저앉고 말았다.

"잠도 안 자고 쌈에 미쳐 갖고…… 땡초여, 순 땡초."

아기중은 볼멘소리를 내며 짚신발로 댓돌을 차 대고 있었다. 천년장수님을 꼭 모셔 오겠다는 다짐을 받아 두고 싶었는데 그렇게 안타까울 수가 없었다.

이레째가 되는 날 다시 모습을 나타낸 것은 천년장수가 아니라 공허였다.

"어째 혼자 오셨당가요, 스님?"

아기중은 곧 울음이 터질 것 같은 얼굴로 공허를 원망스럽게 올려다보았다.

"이놈아, 비질 나무질이나 잘헐 일이제, 니가 어째 이 야단이여!"

퉁명스레 내쏘는 공허의 주먹이 올라갈 듯하자 아기중은 재빨리 뒤로 물러서며 쏘아 댔다.

"저도 불제잔께 중생 제도헐라고 그러요."

"아이고, 저 주둥이. 절밥 헛먹인 것이 아닝게 다행이다."

공허가 고개를 젖히며 껄껄거렸다.

"저는…… 그냥 맘씨 좋은 보살님이 하도 안돼 보여서……."

공허의 기세에 눌린 아기중은 울음 가득한 입술을 삐쭉거리며 중얼거렸다.

"이놈아, 천년장수님은 저 만주로 떠나 부렀다."

공허는 이 말을 내던지고는 돌아섰다.

아기중은 그만 그 자리에 주저앉아 울음을 터뜨렸다.

"어째 혼자시오?"

주지승이 공허의 합장 인사를 받으며 의심 담긴 눈길을 보냈다.

"만주로 뜰 급헌 일 끝내 놓고 뒤따라오기로 혔구만요."

"기어이 만주로 떠?"

주지승의 얼굴에 그늘이 서리더니, "공허도?" 하고 물었다.

"소승은 뒷일을 생각혀서 우선 남아 있기로 뜻을 모았구만요."

"나라를 기어코 되찾기는 찾아야 헐 일인디…… 그 방도가 무언고……?"

주지승은 소리 없는 한숨을 길게 내쉬며 먼 산줄기 쪽으로 눈길을 보냈다.

한편 송수익은 의병을 해산시키고 있었다. 공허의 대원 여섯까지 모두 서른넷이었다.

"여러분, 오늘은 참으로 슬픈 날입니다. 사정이 여의치 못해 우리 의병대를 해산하지 않을 수 없게 되었습니다. 그러나 우리가 오늘 헤어지는 것은 새로운 일을 시작하기 위한 준비고 약조입니다. 여러분도 아시다시피 이제 조선 천지는 왜놈들의 총칼이 미치지 않은 곳이 없습니다. 그러다 보니 여러 의병대가 만주로 가다가 중도에서 왜병들의 총칼에 참살 당하기도 했습니다. 이런 형편에 전라도에서 압록강이나 두만강을 무사히 넘어가기란 어려운 일입니다. 그래서 내린 결정이 일단 헤어졌다가 다시 만나기로 한 것입니다. 여러분은 우선 가족을 만나 새 생활을 꾸리십시오. 물론 왜놈들의 눈을 피해 고향을 떠나 산다는 것이 얼마나 힘겨운 일일지 잘 알고 있습니다. 허나 의병 투쟁을 한 여러분은 그런 어려움쯤 능히 이겨 내리라 믿습니다. 그동안 수없이 죽어 간 대원들을 생각하며 언제 어디서나 꿋꿋하게 살아가도록 합시다. 그러고 다시 만나 싸울 날을 기약합시다."

송수익이 말을 마쳤지만 대원들은 누구 하나 움직이지 않았다.

"그냥 작별허기 지랄 같은디 맘 다질 노래나 한 자락 허고 뜨는 것이 어쩌겠소!"

지삼출의 걸쭉한 외침이었다.

"그려, 다 함께 부를 노래야 아리랑타령 아니드라고."

손판석이 불끈 일어서며 말했다.

"그럼 한 사람씩 돌아가면서 가락을 먹이는 것이여? 모두 얼른 일어나드라고."

지삼출이 몸을 일으키며 사람들에게 손짓을 했다.

"기왕 노래를 하는 참에 모두 어깨동무를 하는 것이 어떻겠소?"

송수익이 대원들을 둘러보았다.

"그것 좋구만이라, 대장님."

대원들은 서로 어깨를 엮어 커다란 동그라미를 그렸다.

아리아리랑 아리아리랑 아리랑이 났네 으으
아리랑 응 어어 응 아르랑이 났네

이윽고 김제·만경 〈아리랑〉이 굵은 목소리에 실려 산골을 울렸다.

　남녀 간에 작별이제 의병이 무슨 작별
　죽어서나 작별잉게 맘 변치나 마세나

눈을 꼭 감은 지삼출이 목에 핏줄이 돋도록 엮어 낸 노랫말이
었다.

　아리아리랑 아리아리랑 아리랑이 났네 으으
　아리랑 웅 어어 웅 아르랑이 났네
　맘이야 변헐 건가 어찌 만난 우리라고
　세월이 수상허니 만날 기약 그 언젠고
　아리아리랑 아리아리랑 아리랑이 났네 으으
　아리랑 웅 어어 웅 아르랑이 났네
　밤이 들면 낮이 오고 겨울 뒤에 봄이 오네
　세월을 걱정 마소 작별이면 상면이네
　아리아리랑 아리아리랑 아리랑이 났네 으으
　아리랑 웅 어어 웅 아르랑이 났네
　세월아 네월아 가지를 말어라
　이내 몸 늙어지면 어찌 의병 헐거나

아리아리랑 아리아리랑 아리랑이 났네 으으
아리랑 응 어어 응 아르랑이 났네
작별도 서럽고 기약도 서러우네
서러움이 첩첩이니 통곡이 태산일세

다섯 사람째 노랫말이 이어지면서 그 가락은 서럽고 구성지면서도 컬컬하고 어기차게 어우러졌고, 엮인 어깨들이 가락을 따라 넝실거리며 돌기 시작했다.

〈아리랑〉은 때와 기분에 따라 얼마든지 가락을 달리해 가며 부를 수 있는 신통한 노래이고, 사람이 아무리 많아도 제각기 가사를 엮어 가면서 신명을 돋울 수 있는 노래였다.

야박허요 대장님 나도 델고 가 주씨요
왜놈 천지 이 세상에 어디서 살라허요

빙빙 도는 몸짓에는 어느덧 신 내린 듯한 신명이 들려 있었다. 노랫말 잇기가 거의 끝나도록 꿈틀거리는 신명은 사그러들 줄 몰랐다.

송수익은 새 노랫말을 들으며 그들과 함께 만주로 가지 못하는 것이 한없이 아쉬웠다. 어느덧 자신의 차례가 돌아왔다.

나라를 되찾는 건 하늘의 뜻일세

자나 깨나 나라 걱정 맘 변치들 마세나

아리아리랑 아리아리랑 아리랑이 났네 으으

아리랑 응 어어 응 아르랑이 났네

송수익을 끝으로 한바탕 노래판이 막을 내렸다.

그들은 어깨동무를 풀고 땀이 번들거리는 얼굴로 송수익에게 눈길을 모았다.

"여러분, 오늘을 잊지 말고 꼭 다시 만납시다. 그때까지 몸 보존 잘하기 바랍니다. 자아, 그럼……."

송수익이 지삼출의 손을 잡았다.

"대장님……!"

지삼출이 울컥 울음을 토하며 송수익의 손을 으스러져라 맞잡았다.

"그동안 애썼소. 몸 보존 잘하시오."

"대장님도 무사허시게라."

송수익은 그다음에 손판석의 손을 잡았다.

"고생이 곱절로 많았소. 공사장에서 도망쳐 다시 부대를 찾아온 그 용맹, 내 평생 잊지 못할 것이오."

"황감허구만요. 대장님도 몸 보존 잘허셔야 되는구만이라우."

목이 멘 손판석의 눈에도 눈물이 잡히고 있었다.

송수익은 대원 한 사람, 한 사람의 손을 차례로 잡으며 작별했다. 함께 싸우고 함께 죽을 고비를 넘겨온 그들에게는 혈육 못지 않은 뜨거운 정이 얽혀 있었다.

그들은 이제 산을 내려가 세상으로 숨어들 것이었다. 끈을 연결해 놓기는 했지만 언제 다시 만날지 알 수 없었다. 그들은 두셋씩 짝지어 흩어지기 시작했다.

입을 꾹 다문 송수익은 멀어지는 대원들의 뒷모습을 한참이나 지켜보고 있었다. 온갖 기억의 무게에 눌려 쉽사리 발길을 돌릴 수가 없었다.

"그것도 풀고 떠야 헐 업보구만요. 대원들 해산한 뒤에 한번 걸음허시는 것이 좋겠는디요."

공허의 말이 발길 돌리기를 재촉하고 있었다.

송수익은 눈을 감았다. 여인의 얼굴이 떠오르지 않았다. 스치듯 한 번 보았을 뿐 더는 마음에 담지 않은 여인이었다. 그저 조신한 몸가짐에 함초롬한 인상이었다는 느낌뿐이었다.

그러나 그 여인과의 만남도 인연이니 매듭을 지어야 홀가분할 것 같았다.

송수익은 절 쪽으로 몸을 돌렸다.

"아이고메, 대, 대장님!"

마른 솔가지를 꺾어 모으고 있던 아기중이 송수익을 먼저 알아
보고 비탈을 뛰어내렸다.

"아이고, 운봉 아니신가?"

송수익도 반가움에 소리쳤다.

"아직 만주 안 가셨구만요!"

"응, 곧 가야지."

아기중과 송수익은 손을 마주 잡았다. 자기를 속인 공허에게
땡초 땡초 왕땡초라고 욕을 퍼붓고 싶었지만 아기중은 쉽게 참아
냈다. 공허한테 속은 분함보다 천년장수가 나타난 반가움이 훨씬
컸던 것이다.

"다 인연이니 짐이라 여기시지 말고 만나 보시지요."

눈을 반쯤 내려 감은 주지승의 말은 잔잔하면서도 무거웠다.

"제가 위로하겠다고 설익은 글발을 보낸 것이 화근이 된 듯합
니다."

송수익은 일의 발단과 책임을 솔직하게 드러냈다.

"화근이라니요? 인연의 바다에서 물결이 자연스레 얽힌 것이라
생각허시지요."

"아, 예에……."

밖으로 나온 송수익은 아기중을 불렀다.

"보살님 어디 계시는지 아나?"

"야아, 저 뒷산에서 쑥 캐시능마요. 저를 따라오시씨요."

아기중은 신바람 나게 앞장섰다.

"보살님, 어디 계시요오? 천년장수님이 오셨당께라우우."

아기중은 큰 소리로 외치며 다람쥐처럼 민첩하게 비탈길을 오르고 있었다.

양지바른 마른 풀섶 사이에서 파릇파릇 돋은 쑥을 뜯던 홍 씨는 문득 손길을 멈추었다. 먼 산울림처럼 들려오는 맑은 소리가 자신을 부르고 있었다. 분명 아기중의 목소리였다.

홍 씨는 가슴에서 불길이 확 일며 몸을 벌떡 일으켰다.

순간, 홍 씨는 소스라쳤다. 그리워하던 사람이 바로 앞에서 걸어오고 있었다.

"운봉, 애썼어. 이따가 재미난 의병 이야기를 해 줄게."

송수익은 아기중을 내려다보며 어깨를 어루만졌다.

"야아, 재미진 얘기 밤새 해 주씨요 잉."

아기중은 송수익에게 눈을 찡긋해 보이고 돌아섰다.

"다시 뵙게 되어 반갑습니다. 벌써 1년 세월이 흘렀군요."

송수익은 몇 걸음 다가갔다. 고개를 수그린 여인의 귓불에 부끄러움이 꽃빛으로 돋았다.

"저는 내일 만주로 떠납니다."

"네에?"

그 갑작스런 말에 놀라 홍 씨는 자신도 모르게 고개를 들었다.

"여기선 더 이상 의병 싸움을 계속할 수 없어 새 방도를 찾아 나서는 길이지요."

"만주로…… 그 먼 만주로……."

낮게 중얼거리는 홍 씨의 얼굴에 그림자가 스치는 듯하더니, "만주로 가시면 새 방도가 생기는가요?" 하고 조심스레 물었다.

"예, 만주로 건너간 의병들이 압록강, 두만강을 넘나들며 잘 싸우고 있습니다."

송수익은 부드럽게 말하며 여인에게로 눈길을 돌렸다.

눈길이 마주쳤다. 송수익은 엷게 웃었고, 홍 씨는 잠시 바라보던 눈길을 도로 떨구었다.

"하오면 앞날을 나라 찾는 데 바치신단 말씀이신가요?"

"예, 그것이 장부의 바른길이라고 생각하고 있습니다."

송수익은 여인을 바라보며 정중하게 대답했다.

두 사람 사이에는 말이 더 이어지지 않았다. 송수익은 더 할 말이 없었고, 홍 씨는 말을 간추리지 못하고 있었다.

송수익은 솔가지를 꺾어 솔향기를 맡으며 인연에 대해 다시 생각해 보았다. 만나고 헤어지고, 태어나고 죽고 또 태어나고…… 그 깊고 오묘한 세계는 알 듯하면서도 미궁이었다.

"부처님이 말씀하시기를 인연을 맺지 말라 하셨지요. 인연은 괴로운 것이니, 원수는 만나서 괴롭고, 그리운 사람은 만나지 못해서 괴로운 것이라고요."

홍 씨는 그만 고개를 더 숙였다. 그 말이 무섭게 가슴을 쳤던 것이다.

풀꾹 풀꾹 푸풀꾹 풀꾹.

어디선가 풀꾹새가 울고 있었다. 쉰 듯 애절한 소리였다. 임 그리워 울다 울다 목이 쉬고, 피를 토해 제 피를 되마셔 잠긴 목을 틔워 다시 운다는 새였다.

"저를 만난 일은 없었던 것으로 잊으십시오. 어차피 다시 만날 수 없는 사람입니다."

송수익은 솔가지를 무심히 마른 풀섶에 던지고 발길을 돌렸다.

"해가 기울었습니다. 그럼 제가 먼저……."

송수익은 걸음을 옮겼다.

홍 씨는 그 모습을 지켜보다가 그가 떨구고 간 솔가지를 집어 들었다.

풀꾹새는 석양빛 속에서 지칠 줄 모르고 울고 있었다.

〈3권에 계속〉

조정래 대하소설

아리랑

[제1부 아, 한반도]

주요 인물 소개
소설에 담긴 역사 속 주요 사건

주요 인물 소개

감골댁
동학 농민군에 나갔다 돌아온 남편의 병수발로 빚더미에 앉은 후, 아들을 하와이로 보내지 않으려면 큰딸 보름을 부자의 첩으로 빼앗겨야 하고, 딸을 지키려면 어쩔 수 없이 아들을 하와이로 보내야 하는 막다른 형편에서 후자를 택하고 고통 받는다.

방영근
가족을 위해 20원에 하와이로 일하러 가서 뜨거운 태양 아래에서 노예처럼 부려지는 청년이다. 고향에서 고생할 어머니와 동생들을 그리워하며 배삯을 다 갚고 집으로 돌아오기 위해 모진 노동을 참고 살아간다.

지삼출
방영근이 떠난 후에도 돈을 받지 못한 감골댁을 도우러 따라 나섰다가 대륙식민회사 장칠문을 들이받은 죄로 일본 경찰에 투옥된다. 아내 무주댁과 아이들 생각에 도망치지도 못하고 철도 공사장 일꾼으로 잡혀 간다.

송수익

사랑방 모퉁이에 서당을 차려 동네 아이들을 가르쳤으나 일본이 정책을 바꾸어 그마저도 하지 못하고 뒤숭숭한 마음에 신문을 읽으며 세상의 변화를 살피는 20대 중반의 양반이다.

장덕풍

잡화상 주인으로 가게에 드나드는 보부상들을 통해 동학 농민군의 움직임을 파악하고 일본군에 알려 돈을 번다.

장칠문

하와이로 이민 갈 사람을 모으는 대륙식민회사에서 일하며 동학 농민군의 움직임을 파악해 아버지 장덕풍에게 알리는 스무 살 청년이다.

하야가와

목포우체국 군산출장소 소장으로 예의가 바르고 겸손해 조선 사람들의 환심을 샀지만, 사실은 조선의 정보를 수집하기 위해 배치된 인물이다.

쓰지무라

일본 영사관 서기로 하야가와와 합심해 백종두를 일진회 회장 자리에 앉히고 친일 단체의 뒤를 봐 준다.

백종두

고을의 이방이지만 자기 잇속을 챙기기 위해서라면 친일 행위도 서슴지 않는 인물이다. 썩은 조선 관리를 혼내 주어야 한다고 청년들을 선동해 싸움을 벌임으로써 일본인들의 환심을 산다.

이동만

널찍한 집, 아이들의 신식 공부, 재산도 남부럽지 않게 지니겠다는 목적으로 일본인 지주 요시다에게 신용을 얻기 위해 노력하는 마름이다.

소설에 담긴 역사 속 주요 사건 : 1895~1910년

단발령
1895년 일본의 강요로 고종이 백성에게 머리를 깎게 한 명령으로, 가장 처음 고종이 머리를 깎았고 대신들이 이를 따랐다.

경부철도 부설권
일본은 1894년 서울과 인천 그리고 서울과 부산 사이에 군용전선 가설 공사를 했고, 동학 농민군을 진압한 후에는 우체국 시설로 변경했다. 1898년 고종 황제는 경부철도 부설권을 일본에게 허가했고, 일본은 1901년 8월부터 본격적으로 공사를 진행했다.

하와이 이민
주한 미국 공사 알렌의 주선으로 이루어진 하와이 사탕수수 농장으로의 이민으로, 1902년 대한제국 정부는 수민원을 설치하고 1차로 121명을 보냈다. 이곳으로 보내진 한인들은 노예와 같은 노동을 하면서도 모은 돈을 독립운동 자금으로 제공하기도 하였다.

군사경찰훈령
1904년 일본은 을사늑약 체결 직전 총포와 탄약 등을 마음대로 개인이 소유하지 못한다는 등의 내용을 포함하는 훈령을 발표하여 한국의 치안권을 빼앗았다.

러일전쟁
1904년부터 1905년 사이에 만주와 한국의 지배권을 두고 러시아와 일본이 벌인 전쟁이다. 일본은 이 전쟁에서 승리함으로써 한국에 대한 지배권을 확립했고, 만주로 진출할 수 있게 되었다.

제1차 한일협약
1904년 일본이 고문정치를 실시하기 위해 강압적으로 체결한 협정이다. 외교 관계의 처리는 일본 정부와 협의를 거친다는 내용의 전문 3조로 이루어진 이 조약으로 인해 재정·외교·군사 등의 분야에 일본인 고문이 취임하면서, 한국은 사실상 일본의 속국이 되었다.

일진회 창설
1904년 일본의 한국 병탄 정책에 적극 호응하여 그 실현에 앞장선 친일단체로 1910년까지 활동하였다. 송병준이 중심이 되어 을사늑약 지지 선언, 고종 양위 강요, 한일병합조약 체결 주장 등 매국적 행위를 일삼았다.

최익현, 임병찬 전북 태인 봉기
을사늑약 직후인 1906년 6월, 전라북도 태인·정읍·순창 등지에서 의병을 일으켜 일본군 및 관군과 싸운 사건으로, 최익현과 임병찬은 이때 붙잡혀 쓰시마 섬에 유배되었다가 1907년 임병찬은 풀려났고, 최익현은 그곳에서 순국하였다.

이민조례

1906년 반포된 법규로, 일제가 국민들의 자유를 위해 한국인과 일본인의 자유로운 왕래를 허용한다는 명목을 내세웠으나, 실제로는 일본인의 한국 내 거주를 늘려서 침탈을 본격화하기 위한 조치였다.

신지방관제

1906년 일본은 조선통감부를 설치하고, 전국을 13도 11부 333군으로 개편하는 등 지방 행정 구역을 대폭 개편하고, 일본인 참여관을 두어 감독하게 한 조치이다. 이는 한국의 행정권을 박탈하기 위한 조치 중 하나였다.

신작로 건설

1907년부터 1911년까지 일제가 전국의 도로를 수리하거나 신설한 사업이다. 한반도를 일본의 대륙 진출을 위한 전초 기지로 삼기 위한 도로 정책으로, 일본의 군사 활동과 경제 수탈을 원활히 하는 데에 목적이 있었다.

국채 보상 운동

1907년부터 1908년 사이에 국채를 국민들의 모금으로 갚기 위하여 전개된 국권 회복 운동이다. 1894년 청일전쟁 당시부터 경제를 장악하고 침탈하기 위해 의도적으로 조선에 차관을 제공하고 상환을 독촉해 오는 일본으로부터 벗어나려는 운동이었다.

고종 황제 양위

1907년 7월 20일 고종이 을사늑약의 불법성을 국제 사회에 알리기 위해 헤이그 특사를 파견한 데 대한 책임을 추궁하는 일본의 강압에 못 이겨 황위를 순종에게 위임했다가 곧바로 양위한 사건이다.

한일 신협약

1907년 일본이 한국과 체결한 7개 항목의 조약으로 '정미칠조약'이라고도 한다. 헤이그 특사 파견 후 강력한 침략 행위를 위해 작성한 조약으로, 이로 인해 한국은 군대 해산, 사법권·행정권 등을 강제로 빼앗겨 사실상 일본의 식민지가 되었다.

장인환 사건

1908년 3월 23일 샌프란시스코 페리 부두 정거장 앞에서 장인환과 전명운이 한국 정부의 외교고문이라는 직함을 가지고 일제의 앞잡이 노릇을 하던 미국인 스티븐스를 총살한 사건이다. 이들의 재판 비용을 대기 위한 모금 운동에 7천 달러가 넘게 모였다.

남한 대토벌

일제가 의병 세력을 완전히 토벌하기 위한 목적으로 1909년 9월 1일부터 10월 30일까지 의병의 주요 근거지인 호남 지역을 대상으로 펼친 군사 작전이다. 이후 의병들은 만주, 러시아 등 국외로 이동하여, 독립군이 되었다.

토지조사사업

1910년부터 1918년까지 일제가 한국에서 식민지적 토지 제도를 수립하기 위해 실시한 대규모 조사 사업이다. 수백만의 농민이 토지에 대한 권리를 잃고 영세 소작인, 화전민, 자유 노동자로 전락한 데 반해, 일제는 전국토의 40퍼센트에 해당하는 전답과 임야의 대주주가 되었다.

조선교육령

한국인에 대한 일제의 교육 방침에 관한 법령으로 1911년 8월 전문 30조로 공포되었다. 일본어 보급이 주목적이며, 저급한 실업 교육을 장려하여 한국인을 우민화하는 교육 정책이었다.

한일합방조약

1910년 8월 29일 일제가 대한제국을 완전한 식민지로 만들기 위해 강제로 체결한 조약으로 '경술국치조약', '일제병탄조약'이라고도 한다. 대한제국 황제의 승인과 비준을 받지 못한 불법 조약이다.

국권 반환 운동

일제에 대항하여 국권 회복을 위해 벌인 실력 양성 운동의 총칭으로, 일본에 진 빚을 국민의 성금으로 갚자는 국채 보상 운동, 개화파 인사들을 중심으로 펼친 자강 계몽 운동 등이 대표적이다.

조정래 대하소설
아리랑 청소년판 2
초판 1쇄 2015년 6월 15일

원작 | 조정래
엮음 | 조호상
그림 | 백남원
발행인 | 송영석

펴낸곳 | (株)해냄출판사
등록번호 | 제10-229호
등록일자 | 1988년 5월 11일(설립일자 | 1983년 6월 24일)

121-893 서울시 마포구 잔다리로 30 해냄빌딩 5 · 6층
대표전화 | 326-1600 **팩스** | 326-1624
홈페이지 | www.hainaim.com

ISBN 978-89-6574-512-9
ISBN 978-89-6574-510-5(세트)

이 도서의 국립중앙도서관 출판예정도서목록(CIP)은 서지정보유통지원시스템 홈페이지(http://seoji.nl.go.kr)와
국가자료공동목록시스템(http://www.nl.go.kr/kolisnet)에서 이용하실 수 있습니다.(CIP제어번호: CIP2015014271)